U0074521

金庸詩詞學之二：倚天屠龍詩
附射鵰三部曲詩詞巡禮
心一堂 金庸學研究叢書 潘國森系列 金庸詩詞學

書名：金庸詩詞學之二：倚天屠龍詩　附射鵰三部曲詩詞巡禮
系列：心一堂　金庸學研究叢書　潘國森系列　金庸詩詞學
作者：潘國森
責任編輯：心一堂金庸學研究叢書編輯室
封面設計：陳劍聰

出版：心一堂有限公司
通訊地址：香港九龍旺角彌敦道610號荷李活商業中心十八樓05-06室
深港讀者服務中心：中國深圳市羅湖區立新路六號羅湖商業大廈負一層008室
電話號碼：(852) 67150840
網址：publish.sunyata.cc
電郵：sunyatabook@gmail.com
網店：http://book.sunyata.cc
淘宝店地址：https://shop210782774.taobao.com
微店地址：https://weidian.com/s/1212826297
臉書：https://www.facebook.com/sunyatabook
讀者論壇：http://bbs.sunyata.cc

版次：二零一九年六月初版

平裝

定價：港幣　一百二十八元正
新台幣　四百九十八元正

國際書號　978-988-8582-74-7

香港發行：香港聯合書刊物流有限公司
香港新界大埔汀麗路36號中華商務印刷大廈3樓
電話號碼：(852)2150-2100　傳真號碼：(852)2407-3062
電郵：info@suplogistics.com.hk

台灣發行：秀威資訊科技股份有限公司
地址：台灣台北市內湖區瑞光路七十六巷六十五號一樓
電話號碼：+886-2-2796-3638　傳真號碼：+886-2-2796-1377
網絡書店：www.bodbooks.com.tw
台灣秀威讀者服務中心：
地址：台灣台北市中山區松江路二〇九號1樓
電話號碼：+886-2-2518-0207
傳真號碼：+886-2-2518-0778
網址：www.govbooks.com.tw

中國大陸發行 零售：深圳心一堂文化傳播有限公司
地址：深圳市羅湖區立新路六號羅湖商業大廈負一層008室
電話號碼：(86)0755-82224934

心一堂微店二維碼

心一堂淘寶店二維碼

目錄

心一堂　金庸學研究叢書　潘國森系列

8

總序

公元二〇〇〇年，李佳穎小姐問筆者是否可以在遠流公司架設的「金庸茶館」網站開闢一個欄目，專門談一談金庸小說入面出現過的詩詞。當時不假思索就一口應承了！這些年來，倒沒有問過佳穎姊，為甚麼會問我、又為甚麼會認為我做得來。現代經濟學有所謂「需求刺激供應」之說，貴客要到市場上採購新產品，我們「下游個體戶供應商」得知市場新資訊，當然要抓緊商機，不懂的也得立刻懂，只好迎難而上，邊做邊學了。欄名取名「詩詞金庸」，此後潘國森就被派到給鄭祥琳小姐節制，因為兩位美女的督促鞭策，「金庸學研究」這門大學科入面，就多了「金庸詩詞學」這個分支。

無巧不成話，同年著名中國文學教育家、精研中國詩詞的學者吳宏一教授，還吩咐我也研究一下金庸小說入面的詩詞。其實吳老師本人倒是真正研究中國傳統格律詩詞的大家，我也從來沒有問過他老人家，為甚麼他自己不做？難道是把容易的學習機會都盡量留給後輩小子？

那時，潘某人總不好對美女說自己沒有怎麼研究過格律詩詞（此事當然瞞不過吳老師的法眼）、更不要說過去還未有對金庸小說入面的詩詞有過太大的興趣。近日整理在「詩詞金庸」發表過的文字，許多都印象模糊，當是為了那時無非「現炒現賣」，過後便忘。這個欄大概在二〇〇五年結業，前後四年多時間，共歷六個年頭，可以說對於《金庸作品集》的詩詞，都介紹了八八九九。因為有定時交文的限制，那段時間倒算勤力用功。

「詩詞金庸」這個欄面最初能夠維持，應該要感謝一位署名「大老爺們兒」的網友，此君慷慨地公開其研究成果，詳列修訂二版《金庸作品集》引用過詩詞的出處。這雖然不能說是「覆蓋全境」的普查紀錄，總算立時就解決了我這個「詩詞金庸版主」的燃眉之急。後來，隨著互聯網的應用日益普及，中國古代典籍都陸陸續續可以在不同的網站上、一字一句的檢索出來。

不過尋找《鹿鼎記》回目聯句的出處，倒是自己用人手與肉眼，拿了查慎行的《敬業堂詩集》一頁一頁的看。

過去曾有不少師長朋友，當面謬讚潘國森怎麼讀書如此之多？慚愧！

最初在拙文中引經據典，其實只是靠民國時代出版的《辭源》、《辭海》。先在辭書中找到相關詞條的解釋，見到有引用了那一部典籍，便到香港大學馮平山圖書館按圖索驥。若能找出原文，便據上文下理、前前後後多抄幾句。那有功夫全書翻閱一次？甚至相關的文章也只是看看剛好夠用的段落便是。所謂讀書甚麼的、研究甚麼的，都只是抄一抄出處，然後好像小時候在公開考試中國語文科答題那樣，東拉西扯、說三道四一番就可以交差了。求學時期，一位國文老師傳授考試答題的竅門，他說只記熟每文章的重點，入到試場，就如拿了市面上容易購得濃縮果汁，兑水稀釋，鋪演成文就可以。這個「果汁加水大法」實在非常管用。由過去寫的雜文、刊行的拙著，到處理「詩詞金庸」專欄，到整理「金庸詩詞學」的「功課」結集，從來都無意炫誇博學，讀者以為潘國森讀得書多，只不過是美麗的誤會而已。

因為頻年以來喜歡「評論是非」，少不免惹人討厭。有人便罵「潘國森只會抄書而又曲解」，雖然捱罵，心中倒是有點竊喜！人家罵我「只會抄書」，正好證明了我有看書而且抄得對頭！絕不是憑空胡扯、向壁虛構。罵我曲解而不能（或不屑）指正我，罵我又有何用？意見不同，無非是觀點與角度的差異。就算潘國森確是「文抄公」了，那又如何？書人人都可以抄，我抄書且提及出處，總勝過江湖上有些輕薄兒經常張冠李戴，卻有膽老起臉皮推說只憑記憶。真是奇哉怪也！你閣下可以憑記憶而其實失憶出錯，還覺得理所當然，可有沒有記不起要支稿酬版稅？記憶差的人，反而去罵記憶好的人（我抄書抄對了就是記憶好！），真不知人間何世！

潘某人還有一個好習慣，可以公開一下自己「抄書」的心得。那就是每次搜集資料，都不一定當下就用盡。不合用的也不是浪費，可以多留三兩度板斧，以備日後不時之需。因為常有並未動員的「後備作戰力量」，所以真正上陣應戰時，就常會給觀眾感到「遊刃有餘」了。

「金庸詩詞學」是為了喜愛中國傳統格律詩詞的金迷而設，此外還有一個任務，就是證明金庸小說不是甚麼「通俗文學」。在此恭請各位親愛讀者，日後在江湖上遇到些甚麼人大聲疾呼說金庸小說是「通俗文學」，可以請這些人先按觸一下「金庸詩詞學」。還可以「挑戰」之，曰：「如果能夠看得懂七成以上，再去思考『金庸小說是不是通俗文學』這個偽命題吧！」

潘國森

二〇一九年己亥歲

於香港心一堂

別序

上世紀六十年代，梁羽生以筆名「佟碩之」發表的《金庸梁羽生合論》指出：「大約金庸也發現作回目非其所長，《碧血劍》以後諸作，就沒有再用回目，而用新式的標題。」

到了金庸刊行「修訂二版」《倚天屠龍記》，全新編為四十回，讀者發覺他用了七言句作為回目，金庸有此一著，理當出乎梁羽生意料之外！

這四十句七言詩沒有標題，筆者作為「金庸詩詞學」研究的先行者之一，當仁不讓，為金庸補筆，按傳統給個標題，曰：《倚天屠龍記四十韻》。

金庸小說的讀者群，主要是二十世紀下半葉出生的小孩。金庸小說面世之後四十多年才踏入二十一世紀，世紀之交迄今還不到二十年。

這個主流讀者群總有讀過點《唐詩三百首》，大家都會感到《倚天屠龍記》回目的七言詩句，跟我們都稍稍讀過的唐人律絕大異其趣。我們隨便看看首兩回和尾兩回詩句的平仄：

天涯思君不可忘

○○○○●●○

武當山頂松柏長

●○○●○●○

祕笈兵書此中藏

●●○○●○○

不識張郎是張郎

●●○○●○○

金庸每次「自出新意」，總是留有一手！這可是中國章回小說史上的創舉，但是他沒有當下點破，卻留到「修訂二版」《天龍八部》才介紹《倚天屠龍記四十韻》的體裁：

曾學柏梁臺體而寫了四十句古體詩，作為《倚天屠龍記》的回目，在本書則學填了五首詞作回目。作詩填詞我是完全不會的，但中國傳統小說而沒有詩詞，終究不像樣。這些回目的詩詞只是裝飾而已，藝術價值相等於封面上的題簽——初學者全無功力的習作。

《天龍八部》後記

金庸這回可是「十年生聚、十年教訓」、「君子報仇、十年未晚」！雖然金庸自謙說「完全不會」、又自評這些回目詩詞「全無功力」，但是觀乎梁羽生在金庸連續使兩着奇招之後就「偃旗息鼓」，我們一眾看熱鬧的讀者可以很穩妥地推論，金庸這四十句《倚天屠龍記詩》和五首《天龍八部詞》起碼算是「合格之作」。

本書題為《金庸詩詞學之二：倚天屠龍詩》，副題為《附射鵰三部曲詩詞巡禮》，已經點出了全書要向金庸小說迷介紹些甚麼了。

《倚天屠龍記四十韻》顯然受到魏文帝曹丕的《燕歌行》影響，《燕歌行》是中國現傳最早的七言詩，金庸向曹丕取經的原因是否有祖述前賢之意？在情當有，於證則無。

如果我們比較兩人的詩作，似乎《倚天屠龍記四十韻》的篇什還比曹丕的《燕歌行》繁富了些，但是這絕不代表「小查詩人」查良鏞的詩寫得比三曹之一的曹丕還要好。只不過曹丕只有十五句的篇幅來經營他筆下的愛情故事，而小查詩人每一句詩，都有近兩萬字精采絕倫的小說故事做註腳，遂能大佔便宜。

「金庸詩詞學」的任務，是研究《金庸作品集》中出現過的詩詞，回目的詩詞對聯雖然都是作者自撰，但是數量絕對不及借用前人的佳章佳句。金庸雖然也是一個合格的詩人詞客，但是始終不以吟詩、作對、填詞為主要業務，自不似《紅樓夢》那樣有大量作者為書中不同人名代筆的作品。

不過，我們從金庸挑選和潤飾前人傑作而做出來的成果，不得不驚嘆金庸果然是匠心獨運！

例如，所有《神鵰俠侶》讀者最熟悉的名句「問世間，情是何物」的原來版本，卻是「恨人間，情為何物」！如果一定要比較，我們當可感受到原作「恨人間」寫得太實，稍欠餘韻；不及金庸改的「問世間」那樣感情更為深刻。雖然口裡說「問」，其實心中早有答案。

當然我們也不可以由此論斷，金庸的煉字手段就一定高過原作者元好問，我們只能說金庸改了之後，更能符合他小說中人物情節的需要。

在小說中找尋詩詞佳句的出處，再評論金庸的作意和技巧，正正是「金庸詩詞學」迷人之處。

「金庸詩詞學」的發源，就是因為筆者無意中找到《倚天屠龍記》開場時作者介紹所謂「丘處機詠小龍女」的一闕《無俗念》。「小查詩人」改了丘老道的詞，也是用韋小寶講故事的辦法，大部份內容都是真實，只有小部份虛構改造。如「小查」將丘老道寫的「萬化參差」改為「萬蕊參差」，一字之改，就由原來的漫談天地造化，變為專門品評美女了。

《易傳・繫辭上》：「仁者見之謂之仁，智者見之謂之智。」

陳世驤教授則認為金庸小說是：「意境有而復能深且高大，則惟須讀者自身才學修養，始能隨而見之。」

筆者熱烈建議金庸小說迷可以稍稍接觸一下「金庸詩詞學」，看看金庸的「技巧之玲瓏」，他的詩詞作品當然不是第一流，但是挑選、潤飾和運用經典詩詞融入小說的人物情節，則必定是中國文學史上名列前茅，讀者「不可輕易看過」（也是借用陳世驤教授語）呀！

潘國森

二零一九年己亥仲春

序於香港心一堂

第一章　七言詩的老祖宗《燕歌行》

秋風蕭瑟天氣涼，
草木搖落露為霜。
群燕辭歸鵠南翔，
念君客遊多思腸。
慊慊思歸戀故鄉，
君何淹留寄他方？
賤妾煢煢守空房，
憂來思君不敢忘，
不覺淚下沾衣裳。
援琴鳴絃發清商，
短歌微吟不能長。
明月皎皎照我床，

星漢西流夜未央。

牽牛織女遙相望，

爾獨何辜限河梁？

曹丕《燕歌行》二首之一

資深的金庸小說讀者或會有疑問，魏文帝曹丕（一八七至二二六）的詩在金庸小說中出現過嗎？

答案當然是沒有，倒是他親弟弟曹植（一九二至二三二）的兩首哀悼辭，由黃老邪唱過一些，就是靈智上人騙他說黃蓉已死，黃老邪便又哭又笑。（見《射鵰英雄傳》第二十二回〈騎鯊遨遊〉）完顏洪烈一夥便只楊康一人知道瘋瘋癲癲的黃老邪在唱甚麼。

那麼，曹丕這首現存最早的七言詩又跟金庸武俠小說有甚麼關係？記心好的讀者多唸誦一兩遍，便知與《倚天屠龍記》的回目詩很似，原來都是柏梁臺體，用的韻腳又同是「七陽韻」。

曹丕這首《燕歌行》共十五句，以女子的口吻思念愛人，感情真摯。後人對此作評價不一，稱譽者說是「傾情，傾度，傾色，傾聲，古今無兩」（明末清初大儒王夫之說）；但是從另一個角度去看，則丕詩用情過深，沒有開國君主的氣象。

《倚天屠龍記》回目的四十句柏梁臺體詩，有十句與《燕歌行》韻腳相同，可見金庸創作時當有受到曹詩的影響。以下略作比較：

天涯思君不可忘。（《倚天屠龍記》第一回）

憂來思君不敢忘。（《燕歌行》第八句）

曹詩中的女子「不敢忘」，但也只是「憂來」才思君。

金詩也是女思男，「小東邪」郭襄卻是「不可忘」，還要遍走天涯都不可忘。

武當山頂松柏長。（《倚天屠龍記》第二回）

短歌微吟不能長。（《燕歌行》第十一句）

「松柏」在此指張三丰。

誰送冰舸來仙鄉？（《倚天屠龍記》第七回）

慊慊思歸戀故鄉。（《燕歌行》第五句）

曹詩全部寫女子思念愛人，慊慊是不滿。

金詩配合小說內容，寫的人物情景便更加多樣化。冰舸是謝遜、張翠山、殷素素三人一度身處的一塊巨大浮冰，張殷兩人聯手跟謝遜鬥智鬥力的場所。仙鄉是指北極圈內有活火山的小島，也是日後張無忌張教主的出生地。

隔代比較當然會不公平，金庸這是拿著曹丕的《燕歌行》作參考，遣詞用字似覺更為靈活。但是當然不可以因此而認為金詩勝過曹詩，只不過曹詩所講只得十五句的篇幅來經營背後的故事和人情，金詩的四十句卻是每句有一回《倚天屠龍記》的內容拱雲托月，於是便大佔了便宜。

七俠聚會樂未央。（《倚天屠龍記》第九回）

星漢西流夜未央。（《燕歌行》第十三句）

未央用《詩．小雅．庭燎》的典，全詩是：

夜如何其？夜未央。庭燎之光。君子至止，鸞聲將將。

夜如何其？夜未艾。庭燎晢晢。君子至止，鸞聲噦噦。

夜如何其？夜鄉晨。庭燎有煇。君子至止，言觀其旂。

庭燎是朝堂上的大蠟燭。黑夜還未過得一半，要捱通宵，苦也！詩中沒有將工作做好的人是周宣王姬靜（？至公元前七八二年），這個勤勤懇懇的西周中興之主沒有教好兒子周幽王姬宮涅（？至），以後「烽火戲諸侯」的故事讀者都很清楚。事後周宣王的孫兒周平王只好東遷，展開春秋之世。

星漢是天上的銀河，晚上失眠，百無聊賴，長夜無限，慘情！

西漢有長樂宮、未央宮，合起來是「長樂未央」，金詩用「樂未央」形容張翠山回歸武當的短暫歡愉。但是花無百日好，悲劇來得很快。

曹詩的「夜未央」用原典；金詩的「樂未央」卻在原典上有了「藝術加工」。

百歲壽宴摧肝腸。（《倚天屠龍記》第十回）

念君客遊思斷腸。（《燕歌行》第四句）

哀傷令人腸斷。金庸為崆峒派《七傷拳譜》寫的總訣，也是用七陽韻：「五行之氣調陰陽，損心傷肺摧肝腸，藏離精失意恍惚，三焦齊逆兮魂魄飛揚！」（見《倚天屠龍記》第二十一回）

曹詩的「思斷腸」的傷痛較輕，「思婦」的丈夫究竟有沒有回來？給讀者留下無限的想像空間。金詩的「摧肝腸」的傷痛較重，張翠山、殷素素夫婦先後自戕，人死了，無法挽回！

百尺高塔任回翔。（《倚天屠龍記》第二十七回）

群燕辭歸雁南翔。（《燕歌行》第三句）

同是一「翔」，曹詩寫雁，金詩寫人。古人認為雁性守信，所以年年南歸不失時，其實只是按四時氣候不同而調節雁群的「經濟活動」，為了活命，這「信」萬萬不可以不守。金詩的「空中飛人」實在太誇張了，六大派眾人不能違反地心吸力，滅絕師太故意執拗，便需賠上性命。不過武俠小說不必「科學」，有需要時背離常理，反而更突顯書中人物武功的超凡入聖。

四女同舟何所望。（《倚天屠龍記》第二十九回）

牽牛織女遙相望。（《燕歌行》第十四句）

牽牛織女一年一會，無忌哥哥的四個「小女友」卻都有共同願望，就是做「張夫人」。

東西永隔如參商。（《倚天屠龍記》第三十回）

援琴鳴絃發清商。（《燕歌行》第十句）

曹詩的商是五音中的商，閨中怨婦自己彈琴給自己聽，越彈越不開心。金詩的商是天上星星，商宿與參宿在天上此起彼落，永不相見。金庸安排小昭遠赴波斯，但是留下尾巴，花心負心的無忌哥哥會不會去恭迎總教主回家當小老婆呢？「小查詩人」在「新三版」沒有點明，算是仍然任由讀者自行決定了。（潘按：本文初發表時新三版未全部刊完，現在大家都知道尾巴仍在。）

新婦素手裂紅裳。（《倚天屠龍記》第三十四回）

不覺淚下沾衣裳。（《燕歌行》第九句）

「新婦」一詞於廣府話口語唸如「心抱」，專指初嫁入門的「兒媳婦」而言。周掌門功虧一簣，被趙妖女大鬧禮堂。舊版《倚天屠龍記》周掌門的結局是出家為尼，無忌哥哥接任峨嵋掌門，是令狐沖做其恆山掌門、尼姑頭領的「熱身」。修訂二版散場時，芷若又來與趙姑娘爭無忌哥哥，無忌哥哥使出「乾坤大挪移」神功，居中調處，一夫兩妻是在所難免，誰大誰小還得要再爭下去。「新三版」改了，寫得太死，有畫蛇添足之嘆。

君子可欺之以方。（《倚天屠龍記》第三十八回）

君何淹留寄他方。（《燕歌行》第六句）

此方不同彼方，曹詩是方向、地方的方，自問而不能自答，要留待日後那「沒良心的漢子」回家才可以當面質問。金詩用《孟子．萬章上》：「君子可欺以其方，難罔以非其道。」的典，「方」指是「合乎情理的事」。君子張無忌正宜被美貌女子周芷若所欺，母親殷素素臨終前的叮嚀終究無用。

曹丕這組《燕歌行》共有兩首，第二首沒有第一首那麼流行，引錄供讀者參考：

別日何易會日難。
山川遙遠路漫漫。
鬱陶思君未敢言。
寄聲浮雲往不還。
涕零雨面毀容顏。
誰能懷憂獨不嘆。
展詩清歌聊自寬。
樂往哀來摧肺肝。
耿耿伏枕不能眠。
披衣出戶步東西。
仰看星月觀雲間。
飛鶬晨鳴聲可憐。
留連顧懷不能存。

第二章〈倚天屠龍記四十韻〉（柏梁臺體詩）

金庸在七十年代推出「修訂二版」《金庸作品集》時，為《倚天屠龍記》回目共撰四十句七言詩。這一組詩並無篇名，潘國森故且按傳統為故友此詩篇命名為《倚天屠龍記四十韻》。此下一一稍作解說。

第一回　天涯思君不可忘

第一回寫大俠郭靖、女俠黃蓉的寶貝女兒「小東邪」郭襄，「踏遍了大半個中原」去找大哥哥「神鵰俠」楊過，這一日來到了少林寺，引出日後的張三丰。

「涯」是邊際，今天海南島有「天涯海角」的著名旅遊景點。

「君」是楊過。

除此之外，那個「崑崙三聖」何足道對郭襄也是永不可忘。

作者敘事描寫的筆法，真是玲瓏精細：

她腰懸短劍，臉上頗有風塵之色，顯是遠游已久；韶華如花，正當喜樂無憂之年，可是容色間卻隱隱有懊悶意，似是愁思襲人，眉間心上，無計回避。

《倚天屠龍記》第一回〈天涯思君不可忘〉

這「眉間心上，無計回避」八字，真是妙到毫顛！

人到少林，到處都是得道高僧，以金庸自幼受佛法熏淘，少不免要引經據典，於是覺遠和尚便要誦念佛經，還要念「由愛故生憂，由愛故生怖；若離於愛者，無憂亦無怖」。郭襄郭二小姐正在因愛而起憂生怖，於是要追上去問「如何才能離於愛，如何能無憂無怖？」由是引起一場大風波！

若干年後，江湖上便有了峨嵋和武當兩大新興門派！

如果將作者「側寫」的崑崙也算進去，那就是多了三個門派了，「鐵琴先生」何太沖橫看豎看都似是「崑崙三聖」何足道的嫡派子孫。

第二回　武當山頂松柏長

第二回的內容，先是何足道大鬧少林，少林派正於投降認輸之際，有覺遠、張君寶師徒出來攪局，何足道便鎩羽而歸。然後少林派「高管」卻恩將仇報，要治張君寶私學武功之罪，危急關頭，覺遠帶了張君寶和郭襄逃亡，晚上講述《九陽真經》之後圓寂。

回目詩句用《論語》的典：「歲寒，然後知松柏之後彫也。」

這一回帶出日後武當、峨嵋、崑崙三派。「小東邪」郭襄帶小弟弟張君寶、即是日後的張三丰出場之後，戲份已了，從此退出金庸武俠世界。張三丰得享高壽，到得再下一回，與他動過手的武林中人都死光了。

此下算一算賬。

大俠郭靖生於公元一二〇〇年，神鵰俠楊過則約是一二二〇年（誤差不超出一兩年之內）。《神鵰俠侶》散場前，蒙古大汗蒙哥戰死於襄陽城下，以立首功的神鵰俠楊過生年推算，約是一二五六年。實情是蒙哥汗於一二五九年死在合州。小說與史實相差三年，算是很微細而可以接受。

據此逆推，則郭襄約生於一二四〇年。

後來一二七三年襄陽城破，一二七九年南宋滅亡。

下文《倚天屠龍記》第三回，作者注明是元順帝至元二年（一三三六），這年張三丰九十大歲，那麼他約在一二四六出生，若比郭襄少了六歲是太多了。如果就當如《神鵰俠侶》一二五九年散場，則郭襄便約在一二四三年生，只年長張君寶兄弟三歲，差不多了。

第三回　寶刀百鍊生玄光

花開花落，花落花開。少年子弟江湖老，紅顏少女的鬢邊終於也見到了白髮。這一年是元順帝至元二年，宋朝之亡至此已五十餘年。

《倚天屠龍記》第三回

金庸的修辭功力，真的令人讚嘆！

陳世驤教授（一九一二至一九七一）評金庸小說的「意境」，認為作者「才遠識博而意高超」、「技巧之玲瓏，及景界之深，胸懷之大，而不可輕易看過」（見《天龍八部》附錄）。

這一回的開場白，聊聊幾句，不去明寫襄陽城破、宋室覆亡，避過了郭大俠一家殉國的慘烈，一跳就跳到宋亡兩代之後（以約二三十年一代算）。

紅顏少女，既暗指郭襄，其實還有程英、陸無雙表姊妹二人，只不過他們年長於小郭襄近二十歲，鬢邊白髮自必然見得更早了。

神鵰俠楊過少年時到處留情，這不算最可惡可恨！最壞是俘虜了女孩兒家的心，卻只偷心而不「進一步」，這樣才是最……（怎樣罵留給讀者自由發揮）。潘某人不是鼓吹男生要多多對小女友「始亂終棄」，只不過「小查詩人」將小說故事寫成這個模樣，「將心比心」，楊大哥哥是不是應該「通吃」這些「小妹妹」呢？入頭得門、做不成小老婆，跟「楊大哥」這個那個也好呀！現在神鵰俠佔了這些「紅顏少女」的心，卻讓她們抱「獨身主義」，說得俗一點，這可不是「蹲着茅坑不拉矢」嗎？

這一回的內容主要是寫武當三俠俞岱岩因追查屠龍刀而受重傷，帶出武當七俠和他們的師父張三丰。

「寶刀百鍊生玄光」，詠貫串全書兩大神兵利器之一的屠龍刀，長白三禽以火燒鍊，寶刀絲毫無損。武當三俠俞岱巖因「不自量力」去「好管閒事」，鑄成大錯。

晉劉琨《重贈盧諶》有云：「何意百鍊剛，化為繞指柔。」剛即是鋼，至於「繞指柔」則化為武當派的「繞指柔劍」，日後武當七俠莫聲谷以之與明教護教法王「白眉鷹王」殷天正較量。

全詩為：

握中有懸壁，本自荊山璆。惟彼太公望，昔在渭濱叟。
鄧生何感激，千里來相求。白登幸曲逆，鴻門賴留侯。
重耳任五賢，小白相射鉤。苟能隆二伯，安問黨與仇？
中夜撫枕嘆，相與數子游。吾衰久矣夫，何其不夢周？
誰云聖達節，知命故不憂？宣尼悲獲麟，西狩涕孔丘。
功業未及建，夕陽忽西流。時哉不我與，去乎若雲浮。
朱實隕勁風，繁英落素秋。狹路傾華蓋，駭駟摧雙輈。
何意百鍊剛，化為繞指柔。

劉琨（二七一至三一八），中山靖王劉勝之後。盧諶（二八五至三五一），東漢末名臣盧植之後，《三國演義》讀者當記得盧植其人。

此下再算一算年份。元順帝至元二年是公元一三三六年。張無忌大約是一三三七年出生，到一三六八年是洪武元年，朱元璋建立明朝，張無忌虛齡三十有二。

元末民變重要領袖韓林兒（一三四〇至一三六六）在金庸筆下成為了張無忌明教的下屬，年齡還算靠譜。陳友諒（一三二〇至一三六三）則比張無忌大了十多年，供參考。

第四回　字作喪亂意仿徨

這回講到武當三俠俞岱岩身受重傷，四肢殘廢，連武功天下第一的張三丰張真人也束手無策。傷痛之餘，九十大壽的壽宴也取消了。晚上無心睡眠，起床寫字。先寫了書聖王羲之的《喪亂帖》，一時意猶未盡，再虛空書字，創制出二十四字、二百一十五筆的「倚天屠龍功」：

武林至尊，寶刀屠龍。
號令天下，莫敢不從。
倚天不出，誰與爭鋒？

張三丰老道這套武功，只傳了實際上等於關門弟子的五弟子張翠山，皆因老六殷梨亭和老七莫聲谷入門太遲，武功都是大師哥宋遠橋和二師哥俞蓮舟代傳。

「喪亂」借東晉書聖王羲之的《喪亂帖》，表達武當派對俞三俠慘受少林派大力金剛指荼毒的心境。那一年（一九八七）看貝托魯奇（Bernardo Bertolucci，一九四一至二〇一八）的《末代皇帝溥儀》，有一幕講已退位的溥儀得知孫殿英盜墓（此事《書劍恩仇錄》的註釋有介紹），或同有「先墓再離荼毒，追惟酷甚」之嘆。這一回還有張翠山遠赴杭州，碰上美少女、壞女孩，日後的張夫人殷素素有意無意被「嫁禍」、「陷害」的情節。

《喪亂帖》全文是：

義之頓首。喪亂之極。先墓再離荼毒。追惟酷甚。號慕摧絕。痛貫心肝。痛當奈何。奈何。雖即修復。未獲奔馳。哀毒益深。奈何奈何。臨紙感哽。不知何言。羲之頓首頓首。

第五回　皓臂似玉梅花妝。

回目的「皓臂」屬天鷹教紫微堂堂主殷素素所有，她「捲起左手衣袖，露出白玉般的手臂」，武當五俠張翠山還「不敢觀看」呢！「梅花」則是少林派的梅花鏢，讀者再看下去，到得後來，才知道發鏢人不是嵩山少林門下，卻是「火工頭陀」傳下來的西域金剛門。

張翠山搭上了「壞女孩」，以疑似男朋友的尷尬身份，出席天鷹教在王盤山的「揚刀立威大會」。

金毛獅王出場了！

金庸小說的故事發展總是這樣節奏明快，不斷有奇峰突起、出人意表的震憾場面。這個應當說是得力於金庸在開始寫武俠小說前，從事電影製作，做過編劇和導演有莫大的關係。

第六回　浮槎北溟海茫茫

回目仍然不提王盤山一會。「金毛獅王」謝遜技壓全場，奪得號稱「武林至尊」的屠龍寶刀，並強行帶了張翠山、殷素素二人同尋荒島，希望悟出屠龍刀的秘密。他們的坐船在大海中給風浪打爛，一直向北：

> 張翠山道：「《莊子．逍遙遊》篇有句話說：『窮髮之北有冥海者，天池也。』咱們定是到了天池中啦。」謝遜道：「這不是天池，是冥海。冥海者，死海也。」
>
> 《倚天屠龍記》第六回〈浮槎北溟海茫茫〉

北冥是北方的大海。《莊子．逍遙遊》：「北冥有魚，其名為鯤。」亦作「北溟」。這大海茫茫，風平浪靜的時候可算是天池，風高浪急就是死海。

這段故事可說有點兒漏洞，天鷹教辛苦得來的屠龍刀，怎麼可以輕易示之以人？只靠玄武壇壇主白龜壽、朱雀壇壇主常金鵬兩人壓陣，實力未免過於單薄，紫微堂堂主殷素素地位雖尊崇，但是論武功則還在兩位老夥計之下。哥哥天微堂堂主殷野王也沒有出席，這可以解釋為上回暗算俞岱岩之後，吃了點虧，傷勢尚未痊癒。那麼天市堂堂主李天垣怎麼也不來？

須知爭奪屠龍刀、然後「管有」屠龍刀，實是當日江湖上的頭等大事，教主殷天正還能有甚麼俗務比起此事更要緊？這可是牽涉到「號令天下」那麼嚴重的盛事呀！

當然，如此種種都不過是為了給金毛獅王謝遜一個強奪屠龍刀的機會，筆者參與「金庸學研究」幾十年，從來都不理會書中情節是否「合理」。「聽故不能駁故」，人家講故事，你愛聽就聽、不愛聽就別理會，不要事事都求合理，看小說亦然。

第七回　誰送冰舸來仙鄉

承上文這回寫三人身不由己地在大塊浮冰上隨波逐流，一直向北飄移。謝遜再度發狂，殷素素以蚊鬚針偷襲，終於打瞎了謝遜雙目。然後三人輾轉來到冰火島，應了謝遜上一回講的「來冰鄉，做冰人」。這處仙鄉既有萬載玄冰，又有不熄火窟，謝遜便命名為「冰火島」。既在寒帶而又有火山在，作者是以歐洲大陸西北的冰島作藍本歟？

誰送？「科學」解釋是海流？按世態人情，就是「天意」的安排！

這一回寫謝遜因為新生命無忌來到世上而忽然心病稍癒，謝遜亦與張翠山結誼。作者亦陸續補敘謝遜過去倒行逆施、濫殺無辜的原因，引出書中第一大奸人「混元霹靂手」成崑。

第八回　窮髮十載泛歸航

謝遜為了義子的前途，忍痛要義弟張翠山一家三口回歸中土，豈料張殷夫婦反而因此死得更快！

「窮髮」用前典，指荒遠而無草木的地方。古人認為山以草木為髮，我們都聽得熟的盤古開天闢地故事亦有此說。

這一回還有少林空字輩四大神僧之首的空見禪師的故事。

然後是回到中土，遇上武當二俠俞蓮舟。

第九回　七俠聚會樂未央

這回寫張翠山再見一眾同門師兄弟。金庸於本書的後記中指出，他要寫的是男子之間的情，從這一回開始多用筆墨。央解作盡。「未央」或用《詩・小雅・庭燎》的典，上文已有介紹。另外還有漢朝的未央宮，功臣韓信受戮之地。

武當七俠的名字，按作者自述是出於舊籍。此事潘某人在上世紀九十年代刊行的《武論金庸》有過討論。「殷利亨」（金庸在修訂二版改為「殷梨亭」）活動的時代可能比「師父」張三丰還要早，張松溪則是明代人，活在《倚天屠龍記》之後。至於「張三丰」還有可能出現「雙胞」，一說是宋人、一說是明人。

現在中國各大太極掌門派都奉張三丰為祖師，「七俠」之中，倒是張松溪的一門仍有傳人，不過中國人最熟悉的必是張翠山無疑，畢竟他是七俠之中，在《倚天屠龍記》中戲份最重的一位。

第十回　百歲壽宴摧肝腸

這回寫張翠山得知是愛妻的緣故，才令到三師哥殘廢，於是自盡以圖贖罪，殷素素嫁雞隨雞，只好相隨陪死。張三丰於百歲壽宴之日，親見愛徒慘死，當然要摧肝腸了。

然後張三丰與一眾弟子以「武當九陽功」為張無忌治理身中玄冥神掌的寒毒，師徒六人辛苦逾月而徒勞無功。為挽救張翠山留下的最後一點骨血，便出下策欲求少林派和峨嵋派交換九陽功，都不成功。

第十一回　有女長舌利如槍

這回寫張三丰攜同張無忌前往少林求醫不果，回程結識常遇春與周芷若。為了治療張無忌因玄冥神掌而中的寒毒，張三丰無奈，交託常遇春帶張無忌去找「蝶谷醫仙」胡青牛求醫。

回目所講，卻是常張二人途中遇上峨嵋派丁敏君揭發張無忌那未過門的「六師嬸」紀曉芙的隱私，用《詩・大雅・瞻卬》的典：「婦有長舌，維厲之階。」長舌一詞，比喻喜歡以語言挑撥是非。長舌女即是「毒手無鹽」丁敏君，這個外號是明教彭瑩玉和尚臨時給她起的。

原詩甚長，從略。

民間戲曲有戰國時齊宣王之后鍾無艷的故事，她以貌醜而賢聞名。俗語有云：「有事鍾無艷，無事夏迎春。」鍾無艷、鍾無鹽、鍾離春，都是同一人。

第十二回　鍼其膏兮藥其肓

回目詩句指明教「蝶谷醫仙」胡青牛為張無忌治病。

成語「病入膏肓」典出《左傳．成公十年》，晉景公夢見自己的「病」化為「二豎」（兩個小孩），逃到「肓之上，膏之下」。來自秦國的名醫醫緩認為：「肓之上，膏之下。攻之不可，達之不及，藥不至焉。不可為也。」結果晉景公一命嗚呼。這裡攻即灸，達即鍼，小查詩人說的鍼是以鍼刺穴。原來肓是橫膈膜，膏是心臟的下方，胡醫仙不能夠鍼無忌之膏兮藥無忌之肓。膏肓兩字合起來，又可以是穴道名稱，屬足太陽膀胱經，在人體的背部，左右各一。這個膏肓穴卻是能鍼不能藥。

這一回武當派紀曉芙再次出場，還帶了女兒楊不悔。

第十三回　不悔仲子踰我牆

這回目當年看得摸不著頭腦，張無忌帶了楊不悔逃命，一起踰牆而出，但張無忌是獨子，即是長子，怎麼是仲子呢？後來才知道小查詩人用《詩．鄭風．將仲子》的典：

將仲子兮，無踰我里，無折我樹杞。豈敢愛之？畏我父母。仲可懷也，父母之言，亦可畏也。

將仲子兮，無踰我牆，無折我樹桑。豈敢愛之？畏我諸兄。仲可懷也，諸兄之言，亦可畏也。

將仲子兮，無踰我牆，無折我樹檀。豈敢愛之？畏人之多言。仲可懷也，人之多言，亦可畏也。

若將第一章翻成白話，大概是：「小二哥啊！不要闖入我鄉里，更不要折我家杞樹。豈敢憐惜區區杞樹？怕讓我父母得知。我時刻想著小二哥，但是父母之言可畏啊！」

詩中那個「我」是個懷春少女，口中說不要踰牆而入，不要折斷園中植物，其實對猖狂之極的「仲子」很有點「欲拒還迎」的意味，只不過畏懼父母諸兄和人言。踰牆之後發生甚麼事，也不用點明。出自第三章的「人言可畏」流傳最廣，三十年代自殺的中國名演員阮玲玉留下這四字遺言。

回目詩句以紀曉芙的口吻，對於明教光明左使楊逍之「踰牆」，死而無悔。除了楊不悔之外，張無忌的第二個小女友、親表妹阿離出場了。讀者至此當然無法想像得到楊不悔日後會成為張無忌的「六師嬸」！

第十四回　當道時見中山狼

上一回峨嵋掌門滅絕師太打退了金花婆婆，殺了紀曉芙以清理門戶。張無忌允諾帶楊不悔遠赴西域見生父楊逍。

此句寫崆峒派簡捷、華山派薛公遠、崑崙派何太沖等人相繼恩將仇報。用東郭先生救狼，而狼卻恩將仇報，反而想吃了東郭先生的典。

明代馬中錫有一篇《中山狼傳》，許多讀者都讀過，年輕朋友如未識荊，要找來看一下也不難。在此從略。

楊逍初次露面，楊不悔退場，無忌哥哥又有新的不凡際遇。

第十五回　奇謀祕計夢一場

寫「驚天一筆」朱長齡為了屠龍刀而用盡奸謀，企圖棍騙張無忌帶自己一夥人去海外找尋謝遜和屠龍刀。有論者說不明白殷素素臨終囑咐兒子的一番話，說來是何用意。其實這一回張無忌就第一次給漂亮女子欺騙了，這人就是朱九真。

朱長齡乍見張無忌使出武當派的功夫，當機立斷，即是殺掉寶貝女兒的愛犬，在短時間內編造故事，裝扮成張翠山的故人。豈料人算不如天算，被張無忌無意中發現騙局，投崖自盡。朱長齡竭盡所能，拉住張無忌，結果兩人被困在懸崖峭壁。張無忌仗著個子小，鑽入山洞中的狹道，原來道外別有洞天。朱長齡則滯留在崖上捱冷受苦了整整幾年。

第十六回　剝極而復參九陽

這句寫張無忌機緣巧合，竟然得到全套《九陽真經》，與太師父張三丰的師父覺遠一樣，將《九陽真經》從頭至尾練成。用《易經》的典，「山地剝」一陽在上五陰在下，「地雷復」五陰在上一陽在下，都在十二辟卦之列。這兩卦的圖象，可以在《倚天屠龍記》第三冊的卦圖中找到。按漢代經師推衍，剝卦稱為五陰之候，代表二十四節氣中霜降之後、大雪之前約一個月，大雪之後便是六陰之候的坤卦；復卦則是一陽之候，冬至之後、大寒之前約一個月，大寒之後便是二陽之候的「地澤臨」。

山在上、地在下象徵山上泥土剝落於地，同時陰盛陽衰，金庸借喻張無忌身有寒毒，性命危在旦夕。雷在下、地在上則象徵大地陽氣復生，金庸借喻張無忌因得習《九陽真經》而能夠將寒毒驅除。

回中還有張無忌再被朱長齡陷害，跌下懸崖，「朱伯伯」最後夾在山洞狹道縫中被活活悶死。

這回張無忌結識「蛛兒」，不敢表露身份，自稱「曾阿牛」。「蛛兒」為了「阿牛哥」幾句話，跑去殺了「色誘」張無忌的「雪嶺雙姝」之一的朱九真。

這回張無忌再見了生平的第一位「小女友」周芷若。

第十七回　青翼出沒一笑颺

本回回目詠明教四大護教法王之末的「青翼蝠王」韋一笑，寫他孤身一人偷襲峨嵋派，還咬死了靜虛師太。「毒手無鹽」丁敏君多嘴，給師父滅絕師太賞了一記耳光。

句中有「青翼」和「一笑」，外號連姓名共七個字，放了四個字進去。出沒當然是「神出鬼沒」的省文。颺，指他的輕功其快如風。

張無忌還說願意娶「蛛兒」為妻，「蛛兒」卻忘不了幾年前咬她、打她、罵她的男生，於是變成阿牛哥、「蛛兒」和咬人的「渣男」成為三角關係。張無忌當然萬萬料想不到，「今日的我」會跟「昨日的我」爭風呷醋！廣大的讀書也想不到眼前的醜女，竟然是在蝶谷陪伴金花婆婆的漂亮女孩「阿離」！

張無忌與周芷若相認了！阿牛哥、蛛兒、峨嵋派的美貌周姑娘又成了另一個三角關係。

第十八回　倚天長劍飛寒鋩

這一回武當六俠殷梨亭再出場了！還有男主角的情敵「玉面孟嘗」宋青書也出場了！於是張無忌、周芷若、宋青書又是另一個三角。

張無忌終於知道蛛兒就是阿離，阿離就是蛛兒！這還不夠，阿離竟然姓殷，還是殷野王的親生女兒，無忌和阿離還是嫡親姑表的關係！廣府俗語有云：「姑表嫡嫡親，姨表當閒人。」廣府民俗，姑母的女兒是不能娶之為妻的，舅舅的女兒亦然，倒是姨母的女兒不限。現代甚麼「二等親」的概念，凡是表哥都不能與表妹成親。廣府俗語又云：「外甥多似舅，姪女似姑娘。」殷離的眼神與殷素素有點相似，正正因為她們姑姪的關係。

六大派中崑崙、華山、崆峒三派與明教五行旗的銳金、洪水、烈火三旗混戰。武當第三代出類拔萃的少年英雄宋青書展現了厲害的兵法，這個當然是作者金庸讀書多年的心得所寄。讀者至此，當忍不住要讚賞宋青書的兵法軍略。

滅絕師太以倚天劍殺戮明教銳金旗教眾，「寒芒吞吐，電閃星飛」一語，令筆者印象非常深刻。然後還有更精采的張無忌身受三掌一幕，非常震撼。

再有「布袋和尚」說不得也出場，他與張無忌的對話非常幽默有趣：「為甚麼說不得？」「說不得就是說不得，還有什麼道理好講。」

第十九回　禍起蕭牆破金湯

本回回目的典故由借楊逍的聯想起：

……明教經營總壇光明頂已數百年，憑借危崖天險，實有金城湯池之固，豈知禍起於內，猝不及防，竟爾一敗塗地，心中忽地想起了《論語》中孔子的幾句話：「邦分崩離析，而不能守也；而謀動干戈於邦內。吾恐季孫之憂，不在顓臾，而在蕭牆之內也。」

「金毛獅王」謝遜的師父「混元霹靂手」成崑，即出家後的少林派圓真，他潛入光明頂，一舉擊敗明教光明左使、青翼蝠王與五散人。

「蕭牆」是宮門的小牆。「金湯」是「金城湯池」，指城牆堅剛如金，城下有池沸熱如湯，原本池熱不可近，城堅不可破，更常的是「固若金湯」。

這回張無忌得到說不得的乾坤一氣袋和成崑的幻陰指相擊，九陽神功終於大成。

張教主第三個小女友小昭也出場了。

第二十回　與子共穴相扶將

回目詩句指張無忌與小昭在秘道中相互扶持，結果張無忌學會明教教主必學的「乾坤大挪移」神功，又得小昭指點卦位，兩人得以逃出生天。「子」是小昭，不是張無忌。

「共穴」則用《詩・王風・大車》的典：「穀則異室，死則同穴。」解作「活著時若不得同住一室，死了也要埋在一穴。」元代王實甫的《西廂記》則演化為：「生則同衾，死則同穴。」

大車檻檻，毳衣如菼。豈不爾思？畏子不敢。
大車啍啍，毳衣如璊。豈不爾思？畏子不奔。
穀則異室，死則同穴。謂予不信，有如皦日。

《詩・王風・大車》

出得穴來，剛好趕得上明教與六大派在光明頂的決戰，及時救了外公白眉鷹王殷天正一命。

第二十一回　排難解紛當六強

這回寫張無忌神功大成，眼見明教上下要被屠戮，不得不為明教挺身而出，以一人力抗少林、武當、峨嵋、崑崙、華山、崆峒等六大派。「排難解紛」原是魯仲連義不帝秦的典，在討論《俠客行》時談過，不贅論。

第二十二回　群雄歸心約三章

寫武功高強的張無忌，打敗手持倚天劍的峨嵋派掌門滅絕師太，卻被峨嵋派小姑娘周芷若以倚天劍刺傷。最後武當派決定不趕盡殺絕，放了明教一馬。「群雄」指明教群雄，為了救人救到底，張無忌無奈繼任明教教主，率教眾入秘道避敵，但與教眾「約法三章」。這用秦末劉邦入咸陽的典，以秦法繁瑣苛刻，與關中人民約：「殺人者死，傷人及偷抵罪。」那當然只是權宜之計。張無忌後來於萬安寺救人，六大派除峨嵋派之外，都真正歸心。

明教新三章是人人須得嚴守教規，為善去惡，行俠仗義；與中原各大門派和解；依陽前教主遺命，以尋回聖火令之人繼任，謝遜暫攝教主之位。

第二十三回　靈芙醉客綠柳莊

張無忌的第四個小女友，第一女主角趙敏登場了，故事至此已過了一半。雖然張教主有許多女朋友，但是按故事後來的發展，第一女主角仍要推紹敏郡主。趙敏以「醉仙靈芙」和「奇鯪香木」對付明教，小查詩人筆下這兩種無毒之物，香氣混合便變成奇毒，實在異想天開。綠柳山莊則給趙敏下令一把火燒掉。

第二十四回　太極初傳柔克剛

寫趙敏一夥挑了少林後再攻武當。張三丰受暗算重傷，張無忌臨陣學招，現炒現賣，學會太極拳和太極劍。小查詩人引用不甚可靠的資料，編排宋遠橋、俞蓮舟、俞岱岩、張松溪、張翠山、殷梨亭（本為殷利亨）、莫聲谷為張三丰七大弟子。但因「劇情所需」而改編，太極拳要在張翠山死後多年才創制，而俞岱岩殘廢二十多年，他兩人都沒有學好太極拳。

除了用太極拳打敗用阿三，還再挫內功了得的阿二，最後以木劍使太極劍，再敗化名阿大的八臂神劍東方白。

張無忌連番打敗各門派的高手，老仇家又再出場了！就是玄冥二老。

第二十五回　舉火燎天何煌煌

寫明教在蝴蝶谷重開「會員大會」，公佈新教主上任，正式結束多年來一盤散沙的亂象，明教得以中興。火是明教的象徵，少不得合唱「教歌」：

焚我殘軀，熊熊聖火。生亦何歡，死亦何苦？

為善除惡，唯光明故。

喜樂悲愁，皆歸塵土。憐我世人，憂患實多！

憐我世人，憂患實多！

第二十六回　俊貌玉面甘毀傷

這一回寫光明右使范遙登場。

楊逍、范遙合稱為「逍遙二仙」，都是英俊瀟灑的美男子。讀書至此，才知小查詩人為光明左使起單名「逍」字的用意。原先還感到有點奇怪，怎麼會用一個「逍」字作名字?.原來還有一個范遙。

范遙自毀容貌，假扮成西域頭陀，乘機混入汝陽王府。小查詩人似乎借用了近代臥底、間諜的概念，融入小說情節之中。范遙的苦心孤詣、深謀遠慮，教「青翼蝠王」韋一笑佩服，明白前教主陽頂天將逍遙二仙排名在護教四大法王之上的深意。張無忌不忍心採用范遙「找個華山派、崆峒派的小腳色」試藥的建議，於是便得捨易取難，以更複雜的計謀騙取「十香軟筋散」的解藥，令此下的情節更精采多變。

當然還有周趙二女初次爭風呷醋，無忌哥哥、敏妹和芷若的新三角，也是全書最吃重的三角關係出來了。

第二十七回　百尺高塔任回翔

寫張無忌以「乾坤大挪移」神功，營救被烈火困於萬安寺十三層寶塔上的六大派好手，眾人自塔上先後跳下，可沒有「任回翔」那般瀟灑。

群雄不信跳下高塔後仍能活命，張無忌唯有請俞蓮舟先跳。作者這個安排頗具深意，從側面豐富了人物性格。金庸安排戲份的確有一手，這個可能得力於當電影編劇和導演的經歷。為甚麼在場的有宋遠橋、俞蓮舟、張松溪和莫聲谷四位武當派的長輩在，張無忌特別要挑俞二伯？如果讀者細心辨析作者給武當七俠每一個人分派的對白和行事，印證陳世驤教授盛讚的「技巧之玲瓏」。

張無忌於武當七俠中父親以外的其餘六人，第一個接觸的就是俞蓮舟，父母和義父之外，第四個關係最密切的長輩。由海上回到武當山，還有許多日的相處呢！

塔上有滅絕師太將倚天劍屠龍刀的秘密傳與周芷若，我們讀者才第一次知道郭靖郭大俠一家夫妻父子以身殉襄陽城的悲壯故事。

第二十八回　恩斷義絕紫衫王

張無忌應承了趙敏為她辦事，帶出了一起遠赴海外迎接金毛獅王謝遜。因為「劇情需要」新任明教張教主沒有帶同明教手下的高手，就是孤身一人，趕緊追去營救小女友、也是新任峨眉派掌門的周芷若。

還揭開金花婆婆的另一身分，原來她居然就是紫衫龍王！有金花婆婆在，當然少不免要帶同張無忌的另一個小女友殷離表妹同來了。張無忌為達成借屠龍刀給趙敏觀看的諾言，終於與義父金毛獅王重會。

第二十九回　四女同舟何所望

寫張無忌與趙敏、周芷若、殷離、小昭相伴，夢中同娶四美。這實為人之常情！故事如此發展，張教主心中沒有「通吃」之念才怪！人同此心，心同此理！

金毛獅王謝遜和紫衫龍王黛綺絲兩敗俱傷，忽然又來了新的敵人，就是明教波斯總舵的聖火令三使！劇情真是高潮疊起！

第三十回　東西永隔如參商

寫張無忌與小昭分離，今生恐怕再無相見之日。參、商都是天上星宿，此起彼沒，永不同在天空出現。此回最末寫小昭的座艦化成一個黑點，以「長風掠帆，猶帶嗚咽之聲」結尾，令人十分傷感。修訂二版的〈後記〉寫道：「……最愛小昭。只可惜不能讓她跟張無忌在一起，想起來常常有些惆悵。」

作者他自己選擇了，卻沒有防礙讀者的夢想。

第三十一回　刀劍齊失人云亡

寫張無忌帶了謝遜、趙敏、周芷若、殷離等人在海上漂流，不得已在小島上落腳。忽然生了劇變，蒙古人趙敏郡主與屠龍刀、倚天劍同時失蹤，殷離風邪未去，再加臉上受了劍傷，竟然一命嗚呼。回目詩句即寫此，殷離「停了呼吸」是死亡的亡，趙敏不知所蹤是亡失的亡。

為了劇情所需，金庸筆下的名醫總常有忽然對小病束手無策之事。殷離之「不治」即是此類。張無忌有九陽神功之絕世內功，連玄冥神掌的寒毒也能輕易化解、殷天正、張三丰的傷勢都能紓緩，殷離受了一點風寒，按小說虛擬世界中的「理」，理應輕易治好，至不濟亦可以暫時保命。

四個小女友先走了一個小昭，再走了一個趙敏，殷離又「死」了，只剩下周芷若。四女獵一「獐」，峨嵋周掌門首先得了夫妻的名份！

第三十二回　冤蒙不白愁欲狂

萬安寺一役六大派歸心，又與朝廷勢力的代表趙敏加深交往，明教教主張無忌在江湖上似乎已無大敵，於是輪到丐幫上場。

「冤蒙不白」明指張無忌被師伯叔誤會害死七師叔莫聲谷，暗指趙敏在各種不利「環境證據」下，成為盜刀劍、傷殷離的元兇。「愁欲狂」的是張教主，一來六神無主，二來要救義父。

此時張教主的四大女友只剩下趙敏在身邊，為救草草拜了天地的峨嵋掌門，便捨不得為表妹愛妻蛛兒報仇。趙敏在逆境下卻沒有氣餒，一切都在掌握之中。

第三十三回　簫長琴短衣流黃

形容神祕的黃衫女子，她一行人等手拿的七絃琴比常見的「短了一半，窄了一半」，簫則「比常見的洞簫長了一半」。這女子姓楊，自然是楊過的後人。《神鵰俠侶》散場時在蒙古大汗蒙哥戰死之後，是宋理宗開慶元年（一二五九）。《倚天屠龍記》開場則是三年後的一二六二年，小龍女已年逾四十，要快快給神鵰俠開枝散葉。《倚天屠龍記》第二段以俞岱岩出場揭幕，是元順帝至元二年（一三三六），過得一年多，張無忌便出世。由楊龍歸隱到後人重出江湖，已近百年，因此楊姊姊不能是過兒老祖宗的孫女，曾孫也不似，起碼是玄孫。

第三十四回　新婦素手裂紅裳

寫周芷若在婚禮上忽然露一手殺傷力大而有點邪門的武功，將來搗亂破壞的情敵趙敏抓傷。張教主終究是負心人，在天下群雄面前削了峨嵋派的臉，周掌門於是素手毀了鳳冠和紅色禮服，回目詩句則說此。

新婦是新歸之婦，廣府話讀新婦如「心抱」，古無輕唇音（即f聲母），婦古讀為p聲母。裳本指下裳，不是穿在最外層的。《易・坤》：「黃裳，元吉」可證。不過金庸要押韻，又要與曹丕的「不覺淚下沾衣裳」對應，唯有將「繡滿金花的大紅長袍」說成是紅裳而不是紅衣。

第三十五回　屠獅有會孰為殃

寫趙敏在爭奪張教主的鬥爭中佔盡上風，妖女與「魔教淫徒」還假扮夫婦，卿卿我我。屠獅大會是成崑佈下的局，要天下群雄廝殺，以便朝廷從中得利。先行遭殃的是一眾不自量力要得屠龍刀的武林中人。

第三十六回　夭矯三松鬱青蒼

寫少林派忽然生出三個前輩高手。夭矯指渡劫、渡厄、渡難三位老僧手中的長鞭，三松是他們置身之所，亦以松喻人。《倚天屠龍記》的武功描述不斷有新意，張無忌學得全套九陽神功，看來天下無敵，但是沒有明教的乾坤大挪移神功配合，就不能推得動秘道的巨石。後來學了太極拳與太極劍，還有聖火令上的武功，集各家所長，這時小查詩人又變出三個老和尚，以支撐此後的打鬥場面。還有河間雙煞、青海三劍和三個沒有留下門派姓名的高手。這一場群鬥寫得非常熱鬧，張無忌、楊逍、殷天正第二次鬥金剛伏魔圈，也同樣精采絕倫。不過這樣一來又出問題，少林寺給趙敏一夥挑了，那時三個老和尚怎麼不出場？

第三十七回　天下英雄莫能當

說的是明教大軍，楊逍在屠獅大會上指揮預早埋伏的明教五行旗教眾，以陣法立威。武林高手一個人的武功，在千軍萬馬中不甚起得作用，在金庸小說中經常提及，例外的恐怕只有《神鵰俠侶》的神鵰俠楊過和《天龍八部》的「喬幫主」蕭峰。

第三十八回　君子可欺之以方

指峨嵋掌門「宋夫人」周芷若用計一舉打敗明教教主張無忌，以及武當二俠俞蓮舟、六俠殷梨亭。用《孟子・萬章》的典：「君子可欺以其方，難罔以非其道。」那是說騙人要用看上去合理的理由。張無忌與周芷若第三次與金剛伏魔圈較量，就不若先前那麼好看了。

這個「方」是為人方正的方。君子正宜被美貌女子所欺，母親的臨終的叮嚀終究無用。張無忌只好受欺於朱九真、不悔妹妹、蛛兒、敏妹和芷若諸女友。小昭算是沒有怎麼騙公子教主了。

第三十九回　祕笈兵書此中藏

高潮已過，只是交代先前的種種懸疑，說明真正偷取刀劍之人，是表面柔弱、自稱蠢笨的周姑娘。

然後黃衫女子也退場了，不必待張無忌回去武當山問張三丰，我們讀者都知她必然是神鵰俠楊過的後人。

第四十回　不識張郎是張郎

最後以殷離的心病作為回目詩句的題材。

人面桃花，那模模糊糊的形象、矇矇矓矓的感覺，原來最教人魂牽夢縈。現代人似乎很難有這一種感受。蛛兒固不識張郎，張郎亦不識世事，宜乎受敏妹與芷若這類聰明的漂亮女子擺佈一生。畢竟糊塗是福。

《倚天屠龍記》先前的結局模模糊糊、矇矇矓矓，我們老讀者已經習慣。

新三版解釋愈多，教人愈有蛛兒的心結，那不聽話兼咬人的張無忌，比寬厚而隨和的阿牛哥哥更可愛得多。

第三章 《射鵰》詩詞巡禮

《射鵰英雄傳》的幾首反戰詩（《射鵰英雄傳》第一回）

一：向來一一是人家

金庸修訂《射鵰英雄傳》時，在開場加了張十五說書的一段，他解釋道：

……我國傳統小說發源於說書，以說書作為引子，以示不忘本源之意。

《射鵰英雄傳》是金庸小說之中反戰意識比較濃烈的一部，因此我在拙作《解析金庸小說》論及這書的題旨時，就引錄了成吉思汗死前與郭靖並騎射鵰的一番對話。

修訂版的《射鵰英雄傳》以反戰詩開始，以反戰詩作結。

張十五說書時引用了南宋詩人戴復古（一一六七至？，卒年八十多歲）的《淮村兵後》：

小桃無主自開花，煙草茫茫帶晚鴉。
幾處敗垣圍故井，向來一一是人家。

戴復古字式之，號石屏，生於宋孝宗乾道三年，歷孝、光、寧、理四朝，大概死在小龍女隱居絕情谷底的那段日子（以郭靖生於一二〇〇年算），沒有機會得知蒙古大汗蒙哥死於合州之圍（事在一二五九年，金庸將之挪移至襄陽之圍，時間上也約略提早了幾年）。

戴復古致力詩作，原來有一段感人的故事。其父戴敏，字敏才，號東皋子，也是一位詩人。戴敏死時，復古年幼，臨終時說道：「吾病革矣，子甚幼，詩遂無傳乎！」這個「革」字不讀「革命」的「革」（漢語拼音：gé；注音：ㄍㄜˊ。），卻與「亟」（漢語拼音：jí；注音：ㄐㄧˊ。）相通，解作急。及至復古長大，得知父親的遺言，收拾其詩作殘篇，散失甚多，心痛之餘，便銳意學詩，後從遊愛國詩人陸游（一一二五至一二一〇）門下，成就尤勝乃父。

不論有主無主，桃樹總是要年年開花結實，倒也不必先去問過主人才好去行事。只因原來有人聚居的小村落都成了敗瓦頹垣，再無人煙，連烏鴉也飛來棲息，才會令詩人想起那小小桃樹已經失了主人。

說到「桃花」二字，《射鵰英雄傳》的讀者當然會聯想到東邪黃藥師的「物業」桃花島，但是最常的用法卻是指男女間的蜜運而言，這個典故是《詩．周南．桃夭》的「桃之夭夭」（桃與逃同音，於是又有「逃之夭夭」這個成語，大概是蜜運不成而要逃婚吧）。喜歡命理的年青男女總喜歡問：「我何時有桃花？」其實「桃花」有良性惡性之別，好的是「桃花運」，壞的便是「桃花劫」。桃花島主娶了個聰明絕頂、年青貌美的老婆，原本是行了桃花運，但是為了巧取《九陰真經》，終於害死了老婆。

二：盡無雞犬有鳴鴉

《射鵰英雄傳》第三十九回〈是非善惡〉寫郭靖喪母後失意南歸，見有人在壁上題字，引了另一反戰詩，是唐末韓偓的《自沙縣抵龍溪縣，值泉州軍過後，村落皆空，因有一絕》：

水自潺湲日自斜，盡無雞犬有鳴鴉。
千村萬落如寒食，不見人煙空見花。

民俗在寒食節不用火煮食，相傳是晉文公紀念介之推，炊煙是附近有人居住的表徵，也就是巴天石說的「燒飯瘴」（見《天龍八部》第四十七回）。

這首詩的詩意與《淮村兵後》差不多，也是見花不見人，原來村落都成為烏鴉的家。韓詩比戴詩的「資訊」豐富了許多，水、日、鳴鴉、村落和花都實在；雞犬和人煙皆虛無。前句原本寫實，卻加了「自」，與戴詩的第一句手法相同；後三句則虛與實交錯。戴詩的桃花、煙草、晚鴉、敗垣和故井都是實；最後一句才是全虛，「向來一一是人家」歸結全詩。

韓偓（八四四至九二三？），字致光（或云字致堯），小字冬郎，甚為唐昭宗所倚重，因受到那後來弒君篡唐的後梁太祖朱溫排斥，南依閩主王審知。

李商隱（八一三至八五八）的名句「雛鳳清於老鳳聲」就是說他，偓父名瞻，字畏之。韓偓在十歲時，即席作詩，一座盡驚，李商隱便寫了兩首七絕，詩名甚長不具引，第一首是：

十歲裁詩走馬成，冷灰殘燭動離情。
桐花萬里丹山路，雛鳳清於老鳳聲。

三：貧村纔數家

《射鵰英雄傳》散場時用中唐詩人錢起的《江行無題一百首》之四十三：

兵火有餘燼，貧村纔數家。
無人爭曉渡，殘月下寒沙。

錢詩描寫的境況沒有戴詩和韓詩那麼慘，兵劫之後，這個小小貧村還有數家人在，只是人少了，就不必再去爭渡而已。

錢起（七二二至七八〇），字仲文，大曆十才子之一，大曆為唐代宗李豫的年號（七六六至七七九），這「大曆十才子」在中國文學入門教科書中常見，他們的詩卻甚少有機會讀到。或謂《江行無題一百首》是錢珝所作，珝字瑞文，晚唐人，約與韓偓同時。

附錄：

《詩・周南・桃夭》

桃之夭夭，灼灼其華。之子于歸，宜其室家。
桃之夭夭，有蕡其實。之子于歸，宜其家室。
桃之夭夭，其葉蓁蓁。之子于歸，宜其家人。

直把杭州作汴州（《射鵰英雄傳》第一回）

一：西湖歌舞

山外青山樓外樓，西湖歌舞幾時休？
暖風薰得遊人醉，直把杭州作汴州。

林升〈題臨安邸〉

二：張十五吟詩

《射鵰英雄傳》以張十五說書、演唱〈葉三姐節烈記〉開場，小查詩人表示借用中國舊小說的傳統，張十五以林升這首詩作結：

楊鐵心問道：「這四句詩，說的又是什麼故事？」張十五道：「那倒不是故事。說的是我大宋君臣只顧在西湖邊上飲酒作樂，觀賞歌舞，打算就把杭州當作京師，再也不想收復失地、回汴梁舊京去了。」

《射鵰英雄傳》第一回〈風雪驚變〉

詩意很簡單，小查詩人要郭靖、楊康二人的父親批評國是，當然以這首詩最佳。

三：諷刺詩

原詩作者林升是南宋時人，字孟平，活躍於孝宗淳熙年間，存世作品僅此一首。小查詩人在書中並未介紹作者的姓名，在此只補充一下。

詩人諷刺當國者不思北伐、收復祖宗的失地，只在新的京城中大興土木，在歌舞不休中度日，將歌舞寫成教人厭惡的事物。

「黃梅戀」詩詞之一：早留心、把酒花前欲問（《射鵰英雄傳》第十回）

一：纏綿永叔詞

江南柳，葉小未成陰。人為絲輕那忍折，鶯嫌枝嫩不勝吟。留著待春深。
十四五，閒抱琵琶尋。階上簸錢階下走，恁時相見早留心。何況到如今。

歐陽修〈望江南〉

把酒花前欲問他，對花何吝醉顏酡。春到幾人能爛賞，何況，無情風雨等閒多。
豔樹香叢都幾許，朝暮，惜紅愁粉奈情何。好是金船浮玉浪，相向，十分深送一聲歌。

歐陽修〈定風波〉

把酒花前欲問伊，忍嫌金盞負春時。紅豔不能旬日看，宜算，須知開謝只相隨。
蝶去蝶來猶解戀，難見，回頭還是度年期。莫候飲闌花已盡，方信，無人堪與補殘枝。

歐陽修〈定風波〉

把酒花前欲問公，對花何事訴金鍾。為問去年春甚處，虛度，鶯聲撩亂一場空。

今歲春來須愛惜，難得，須知花面不長紅。待得酒醒君不見，千片，不隨泫水即隨風。

把酒花前欲問君，世間何計可留春。縱使青春留得住，虛語，無情花對有情人。

歐陽修〈定風波〉

任是好花須落去，自古，紅顏能得幾時新。暗想浮生何時好，唯有，清歌一曲倒金尊。

歐陽修〈定風波〉

把酒花前欲問伊，問伊還記那回時。黯淡梨花籠月影，人靜，畫堂東畔藥闌西。

及至如今都不認，難問，有情誰道不相思。何事碧窗春睡覺，偷照，粉痕匀卻溼臙脂。

歐陽修〈定風波〉

二：馬屁拍在馬腿上

新三版《射雕英雄傳》加入東邪黃藥師與徒兒的一段情，輿論嘩然，可以稱之為「黃梅戀」。金庸說在修訂二版已有暗示，只不過讀者看不出，這回改版說得清楚一點而已。向來不喜歡黃藥師的人品，亦不覺得他對蓉兒之母有甚麼深情，現在殺出一個「若華愛徒」去與「阿蘅愛妻」分庭抗禮，令擁護黃老邪、謳歌黃馮戀情的讀者一時難以接受。

金庸還把曲靈風升級為大師兄，加入師徒三人一起愛上超風小師妹的亂局，還亂拍馬屁想做紅娘，拿了師父愛讀的詞去教師妹。後來自作聰明去為師父出頭，教訓偷了師妹的陳玄風，慘被打斷腿逐出門。

那一首〈望江南〉在新三版《射雕英雄傳》中有曲靈風詳加解釋，「人為絲輕那忍折，鶯嫌枝嫩不勝吟。留著待春深。」三句太露骨，金庸便大筆刪去。有人認為這道〈望江南〉是宋高宗趙構所作，匆匆檢索《歐陽修全集》不見此詞，《全宋詞》才有。

黃老邪不斷的抄「恁時相見早留心，何況到如今」，的確大有問題。不過以當時社會環境，黃老邪將梅若華來個先婢後妾，其實也沒有甚麼大不了。收做徒兒倒是不夠進取，還給徒兒陳玄風暗渡陳倉，真是受了假道學之誤！

《三國演義》寫曹操破鄴城，曹丕捷足先登，搶了袁熙的老婆甄氏。曲靈風揭發陳梅私通的時候，黃老邪的心情恐怕與阿瞞有些相似。

三：酒入愁腸愁更甚

婉約一路的長短句確是比格律詩纏綿得太多了！

歐陽修這幾首〈定風波〉越讀越覺得愁雲慘淡，前四首合在一起成一系列，先後問他、伊、公、君，金庸只挑了第三首問公（刪上半）和第四首問君（刪後三句）。另外又再有一首問伊的，全集中亦似是未收，在《全宋詞》找到，一併抄出來以饗讀者諸君。

一人「把酒花前」自言自語，問來問去其實只在問自己，這樣飲酒實在苦不堪言。不論風雨有情無情，那生老病死、花開花落實非人力所能轉移。易教絜靜精微（潘按：語出《禮記・經解》），金庸筆下的黃藥師原是精通醫卜星相，心態不該如此消極，看來黃老邪的真正功力只屬「有限公司」。

問公的一首，最後一句原作「不隨泫水即隨風」，泫水是下垂的水滴，隨泫水即是隨淚，黃老邪矯情自飾，不好在人前示弱，只好隨流水來掩飾。這個金庸改得好！

另一首問伊的更為露骨，赤裸裸的說人而不是說花，詩人與這個「伊」的關係非比尋常，跟前四首明裡說花、暗裡自傷，詩意的開闔大異其趣，大概不是一起填的。

「黃梅戀」詩詞之二：四首嘆老詞（《射鵰英雄傳》第十回）

一：黃老邪錄朱希真詞

曾為梅花醉不歸。佳人挽袖乞新詞。輕紅遍寫鴛鴦帶，濃碧爭斟翡翠卮。
人已老，事皆非。花前不飲淚沾衣。如今但欲關門睡，一任梅花作雪飛。

朱敦儒〈鷓鴣天〉

老人無復少年歡，嫌酒倦吹彈，黃昏又是風雨，樓外角聲殘。
悲故國，念塵寰，事難言，下了紙帳，曳上青氈，一任霜寒。

朱敦儒〈訴衷情〉

劉郎已老，不管桃花依舊笑，要聽琵琶，重院鶯啼覓謝家。
曲終人醉，多似潯陽江上淚，萬里東風，國破山河落照紅。

朱敦儒〈減字木蘭花〉

東風吹盡江梅，橘花開，舊日吳王宮殿，長青苔。

今古事，英雄淚，老相催，長恨夕陽西去，晚潮回。

朱敦儒〈相見歡〉

二：翁老頭未白

老師以詩詞抄贈學生這種風流韻事，在文學院中常見，所以男生不要對女同學無禮，攪不好，隨時變了師母！

此事發生在曲靈風大師哥代師父向小師妹真情剖白之後：

……我臉又紅了，不敢瞧她的臉，只怕箋上寫的又是「恁時相見早留心，何況到如今」，幫好，一張張白紙箋上寫的是另外一些詞句：

黃老邪錄朱希真詞

人已老，事皆非。花前不飲淚沾衣。如今但欲關門睡，一任梅花作雪飛。

老人無復少年歡，嫌酒倦吹彈，黃昏又是風雨，樓外角聲殘。
劉郎已老，不管桃花依舊笑，萬里東風，國破山河落照紅。
今古事，英雄淚，老相催，長恨夕陽西去，晚潮回。

新三版《射雕英雄傳》第十回〈往事如煙〉

朱敦儒，字希真，卒於高宗朝，與岳飛、秦檜同時，《宋史》說他「志行高潔，雖為布衣而有朝野之望」，黃蓉在太湖與陸乘風歌唱答和，就是唱他的《水龍吟》。

黃老邪無病呻吟，一天到晚嘆老，想起曹丕的《與吳質書》：「已成老翁，但未白頭耳！」曹丕那時才三十二歲，一人之下，萬人之上，後來貴為天子，也不長命。黃老邪究竟有甚麼不滿意了？

〈鷓鴣天〉的上半詩人回憶與佳人成雙成對，一邊喝酒一邊填詞。下半影單影隻，不敢對花獨酌，關門眼不過為乾淨。金庸棄了上半，因為黃老邪對著徒兒不敢表白，饞涎往裡吞，所以用不上。不過「佳人挽袖」卻是有的。〈訴衷情〉卻棄用下半，可能因為悲故國多過嘆老。

〈減字木蘭花〉的劉郎用劉禹錫詩的典：

紫陌紅塵拂面來，無人不道看花回。玄都觀裡桃千樹，盡是劉郎去後栽。

劉禹錫〈元和十一年自朗州召至京戲贈看花諸君子〉

百畝庭中半是苔，桃花落盡菜花開。種桃道士歸何處，前度劉郎今又來。

劉禹錫〈再遊玄都觀〉

劉禹錫這兩首詩被視為政治諷刺詩，「戲贈看花諸君子」戲出禍事來，因而再被流放。十四年後，這前度劉郎才得以再遊玄都觀。

金庸又刪去中間的幾句，謝家是指東晉的謝家，劉禹錫有「舊時王謝堂前燕，飛入尋常百姓家」的名句（出自七絕〈烏衣巷〉），潯陽江上聽琵琶則是用白居易〈長恨歌〉的典，不贅論。

〈相見歡〉的前半又是訴說亡國之痛，亦棄用之。

「黃梅戀」詩詞之三：變了扁毛畜生！（《射鵰英雄傳》第十回）

一：白髮作羽毛

君不見黃河之水天上來，奔流到海不復回。
又不見高堂明鏡悲白髮，朝如青絲暮成雪。
人生得意須盡歡，莫使金樽空對月。
天生我材必有用，千金散盡還復來。
烹羊宰牛且為樂，會須一飲三百杯。
岑夫子，丹丘生。將進酒，杯莫停。與君歌一曲，請君為我側耳聽。
鐘鼓饌玉不足貴，但願長醉不願醒。
古來聖賢皆寂寞，惟有飲者留其名。
陳王昔時宴平樂，斗酒十千恣歡謔。
主人何為言少錢，徑須沽取對君酌。

五花馬，千金裘。呼兒將出換美酒，與爾同銷萬古愁。

李白〈將進酒〉

諸葛大名垂宇宙，宗臣遺像肅清高。三分割據紆籌策，萬古雲霄一羽毛。
伯仲之間見伊呂，指揮若定失蕭曹。福移漢祚難恢復，志決身殲軍務勞。

杜甫〈詠懷古跡五首〉之五

二：旖旎風光

黃老邪送上手抄的朱希真詞，接下來便上演美貌女弟子為又老又邪師父拔白髮的旖旎風光：

……師父嘆道：「唉！人總是要老的。瞧著你們這些年輕孩子，師父頭上白髮一根根的多了起來。『高堂明鏡悲白髮，朝見青絲暮成雪』」我說：「師父，你坐著，我給你把白頭髮拔下來。」我真的伸手到師父鬢邊，給他拔了一根白頭髮，提在他面前。師父吹一口氣，這口氣勁力好長，我放鬆了手指，那根白頭髮飛了起來，飛得很高，飄飄蕩蕩的飛出了窗外，直上天空。我拍手道：「『萬古雲霄一羽毛』，師父，你的文才武功，千載難逢，真是萬古雲霄一羽毛。」……

新三版《射鵰英雄傳》第十回〈往事如煙〉

李白的〈將進酒〉名句甚多，「人生得意須盡歡，莫使金樽空對月」、「天生我材必有用，千金散盡還復來」名氣最大，然後才輪到黃老邪唸的兩句。詩人以黃河水入海不回，與頭髮變白難以復黑做對比，其實人的心境保持年輕，可以延緩衰老，所以金庸在《神鵰俠侶》寫真正灑脫的老頑童周伯通的白髮復黑，這種事情確有發生，總是那些不受世俗名韁利鎖、生活簡樸的人才做得到。

李白這首詩表面豪放，卻難掩內中的寂寞，新三版加多了枝葉，豐富了黃老邪的人物性格，但是都是往軟弱和悲觀的方向走，整體來說是大大的走了樣。以性格品藻而言，新三版的黃老邪給金庸改得更低了。

三：誤將圓毛作扁毛

羽毛扇是儒將必備的道具，周瑜要有、諸葛亮也要有。諸葛亮嘗自比管仲樂毅，但是後人認為他應該與興商的伊尹和興周的呂尚齊名，亦有人認為他功業不及蕭何、曹參。詩人亦嘆息諸葛武侯未能復興漢室，給軍務勞累至死。諸葛亮出名勤力，對頭人司馬懿便說：「諸葛孔明食少事煩，其能久乎！」所料非虛。

哺乳類動物的毛髮成長圓柱狀，俗稱「圓毛」。鳥類卻生出扁平的羽毛，幫助飛行，羽毛俗稱「扁毛」，所以周伯通罵神鵰為「扁毛畜生」（見《神雕俠侶》第三十四回〈排難解紛〉）。千穿萬穿、馬屁不穿，黃老邪給美貌女徒兒拔了頭髮，又以杜甫詠諸葛亮的名句送贈，自然高興兼開心。只不過白頭髮「有效面積」小，不受力，恐怕不容易「飄飄蕩蕩的飛出了窗外，直上天空」，因為黃老邪一口氣不換，氣流該不容易轉彎。

我無所謂，只怕又有論者譏評金庸「不科學」。

求之不得，輾轉反側！（《射鵰英雄傳》第十二回）

一：窈窕淑女、君子好逑

關關雎鳩，在河之洲。窈窕淑女，君子好逑。
參差荇菜，左右流之。窈窕淑女，寤寐求之。
求之不得，寤寐思服。悠哉悠哉！輾轉反側。
參差荇菜，左右采之。窈窕淑女，琴瑟友之。
參差荇菜，左右芼之。窈窕淑女，鍾鼓樂之。

《詩．周南．關雎》

二．My Fair Lady

《關雎》是中國最古老的情詩。

雎鳩鳴叫，作聲關關，君子乍見窈窕淑女在河洲之中，便裝模作樣的扮作采摘（芼也是摘取）荇菜（即莧菜那一類），乘機走近，卻未敢上前搭訕。想呀想的，晚上便睡不著覺。最後便決定用琴瑟鐘鼓來打動那位不相識的美人兒。

這個「悠哉悠哉」，非是比喻悠閒自得，實是思之不已的樣子。「求之不得」，「輾轉反側」兩句最能刻劃那君子思慕淑女的實況。傻小子郭靖與窈窕的蓉兒兩情相悅，「一拍即合」，沒有怎麼受過這求之不得，輾轉反側的煎熬。

金庸拿這首詩放在小說中也不是作情詩來用，而是弄一款狗屁不通的菜式，取名好逑湯：

……洪七公道：「哦，原來是美人君子湯。」黃蓉仍是搖頭，笑道：「那麼這斑鳩呢？《詩經》第一篇是：『關關雎鳩，在河之洲，窈窕淑女，君子好逑』。是以這湯叫作『好逑湯』。」

《射鵰英雄傳》第十二回〈亢龍有悔〉

那個湯如何不通，我在拙作《解析射鵰英雄傳》已有評述，不贅論。

說到窈窕淑女的形象，自然教人想到名演員Audrey Hepburn（港譯柯德莉夏萍，一九二九至一九九三）在一九六四年主演的名片My Fair Lady，中文片名便譯作《窈窕淑女》。說一位女士fair，乃是指其人清爽、美麗、無瑕，令人眼睛與精神皆感到喜悅。窈窕則指體態美好又有德性。Audrey Hepburn確有歐洲式的優雅氣質，可惜不夠美貌，頸項過長了些。

三．好逑演趙敏

香港粵劇界有一位名伶陳好逑小姐，現在仍然活躍在舞臺上，這個藝名當然也是用了《關雎》的典。她倒是銀幕上第一位趙敏！只是當時金庸還未寫完他的武俠小說，舊版的《倚天屠龍記》還未給郡主娘娘改名，那時仍是趙明。那一齣電影在六十年代攝製，小時候在電視上見過一些片段，那時未讀金庸小說，所以印象不深，只知道粵劇名伶林家聲演張無忌，周芷若則由號稱「影迷公主」的陳寶珠飾演。雖是君子好逑，可惜仍是獨身，記得許多年前好逑小姐被問及的感情生活，只淡淡的說隨緣，而今日張郎亦老！（潘按：林家聲先生於二〇一五年逝世）

在新世紀的第一年某日，忽然有ATV電視台的朋友來電，說有個新節目，一時想不到有甚麼可做，便想講講金庸小說，要請我去做嘉賓。入到錄影廠才知道原來由策劃到主持，通統都是全無準備，只是隨隨便便的擺兩張桌子，扮成粵式茶樓的佈境，有普洱茶和粵式美點奉客。還請一些觀眾，一起品評TVB一齣《倚天屠龍記》電視劇。眾人圍繞著演張無忌的仁兄發炮，說道此君年近四十，挺著個大肚子演少年，揑著嗓子說話來扮稚嫩，令人欲嘔。

我近十多年都不看那些將劇情改動得面目全非的金庸小說電視劇，既無意見可表，便說只想再看林家聲、陳好逑、陳寶珠演的《倚天屠龍記》。因為主持人沒有甚麼方向，便聽任大家自由發揮，後來眾人自行「爆肚」（粵語指不依劇本自創對白），爭拗升級，尋且演變成全武行，結果叉燒包滿天飛，我「君子不立危場之下」，便第一時間便躲進佈景版後面去，最後錄影也就草草收場。這次有趣的經歷，實是我遇上最馬虎的一次電視製作。

後來終於有機會看到那齣所謂《倚天屠龍記》，一眾女角姿色平凡、氣質庸俗，唸白亦全無感情可言，那幾號明教人物的造形更是如外星人的模樣，不知所謂，又一次證明我不看金庸小說電視劇是明智決定！

《關雎》的重心在於琴瑟友之，鍾鼓樂之。檢點平生，好學不專，只邊唱邊學國粵英語流行曲而沒有學會結他（guitar），實是大大錯誤。縱是見窈窕淑女在前，亦不能來個「琴瑟友之」，「鍾鼓樂之」。金庸筆下是個右武左文的世界，能夠作曲贈淑女的君子，唯有《倚天屠龍記》的「崑崙三聖」何足道一人而已。可惜他也未竟全功，「小東邪」郭襄眼中沒有他，而且他立誓不再足履中土，只能回到崑崙山。

胡塗大廚（《射鵰英雄傳》第十二回）

一：玉笛誰家叫落梅

杜陵歸客正裴回，玉笛誰家叫落梅。之子棹從天外去，故人書自日邊來。
楊花慢惹霏霏雨，竹葉閒傾滿滿杯。欲問維揚舊風月，一江紅樹亂猿哀。

韋莊〈章江作〉

二：大話怕計數

讀者應當記得這句「玉笛誰家叫落梅」從沒有在金庸小說中出現過，只有黃蓉在《射雕英雄傳》做過一道「炙牛肉條」的菜，叫作「玉笛誰家聽落梅」。找不到前人有此詩句，暫時猜想金庸由韋莊（八三六至九一〇）這句詩得到靈感，改了一字。

這道菜大有問題：

洪七公閉了眼辨別滋味，道：「嗯，一條是羊羔坐臀，一條是小豬耳朵，一條是小牛腰子，還有一條……還有一條……」黃蓉抿嘴笑道：「猜得出算你厲害……」她一言甫畢，洪七公叫道：「是獐腿肉加兔肉揉在一起。」黃蓉拍手讚道：「好本事，好本事。」郭靖聽得呆了，心想：「這一碗炙牛條竟要這麼費事，也虧他辨得出五般不同的肉味來。」

洪七公道：「肉只五種，但豬羊混咬是一般滋味，獐牛同嚼又是一般滋味，一共有幾般變化，我可算不出了。」黃蓉微笑道：「若是次序的變化不計，那麼只有二十五變，合五五梅花之數，又因肉條形如笛子，因此這道菜有個名目，叫做『玉笛誰家聽落梅』。這『誰家』兩字，也有考人一考的意思。七公你考中了，是吃客中的狀元。」

《射雕英雄傳》第十二回〈亢龍有悔〉

我在拙作《解析射雕英雄傳》已經說過這道菜的五種作料不能一起炙，因為「受火度」不同。現在重看，發覺漏了一個數學問題。

黃蓉講的二十五變是錯的！

現在有羊羔坐臀、小豬耳朵、小牛腰子、獐腿肉加兔肉揉在一起，共五種作料，如果兩兩成對，不計次序，那是數學上的「組合」（combination），算式是：

$$C(5,2)=(5\times4)/(2\times1)=10$$

即只得十個組合。如果次序計算在內，就是「排列」（permutation），算式是：

$$P(5,2)=5\times4=20$$

如果以二十個排列，再加上五種肉料自配，即羔臀加羔臀、豬耳加豬耳等等，才可以再多五個「變化」，合為「五五梅花」之數。所以才女黃蓉和狀元洪七公都在胡說八道。

三：一字之差

韋莊是晚唐杜陵人，能詩善詞。朱全忠篡唐後的第四年死在四川，時為前蜀的丞相。

裴回即徘徊；之子即此人。

詩人聽得有玉笛之聲，似是叫喚落梅。因而憶及日邊的故人和維揚風月，觸景傷情，笛聲便如哀猿之啼。

金庸為這道不可能做得出來的菜命名為「玉笛誰家聽落梅」，意境很好，可惜名不副實。

二十四橋明月夜的笑話（《射鵰英雄傳》第十二回）

一：小杜艷詩

青山隱隱水迢迢，秋盡江南草木凋。二十四橋明月夜，玉人何處教吹簫。

杜牧〈寄揚州韓綽判官〉

落魄江南載酒行，楚腰腸斷掌中輕。十年一覺揚州夢，贏得青樓薄倖名。

杜牧〈遣懷〉

二：胡說八道的菜色

拙作《解釋射雕英雄傳》在一九九七年脫稿，兩年後才出版，是上世紀的產物。當中有提到黃蓉用「二十四橋明月夜」的典來做的蒸豆腐是「開玩笑」，其實說得坦白一點該是胡說八道。金庸設計這道菜色實在暴殄天物，火腿上挖二十四個洞來放豆腐球進去蒸，這個菜根本不能吃。

實在沒想到這個狗屁不通的菜色竟然變成事實，後來有食家大名的蔡瀾先生真設計了一席「射雕英雄宴」，赫然有這個菜。以燒鵝聞名於世的香港鏞記酒家竟然奉陪，主事人甘先生還依著書中的描述去造這個菜！如果沒有記錯，是用電鑽在堅硬的金華火腿上鑽孔，以造雪糕球的匙挖豆腐來代替桃花島的蘭花拂穴手：

> ……這味蒸豆腐也有個唐詩的名目，叫作「二十四橋明月夜」，要不是黃蓉有家傳「蘭花拂穴手」的功夫，十指靈巧輕柔，運勁若有若無，那嫩豆腐觸手即爛，如何能將之削成廿四個小圓球？這功夫的精神艱難，實不亞於米粒刻字，彫核為舟。但如切方塊，易是易了，世上又怎有方塊形的明月？
>
> 《射雕英雄傳》第十二回〈亢龍有悔〉

有趣的是金庸以為切豆腐難，到了名廚的手上，原來是切火腿難，挖豆腐易，只不知最後火腿是否真的棄去不食。金庸說的「火腿的鮮味已全到了豆腐之中」，新三版《射雕英雄傳》沒有刪改這個不合理的情節，實在破壞了大廚師小黃蓉的名譽。至於整個「射雕英雄宴」可以說是徹底失敗。

不過金庸也很聰明，全書中最重要的一道菜色是「鴛鴦五珍膾」，連黃蓉也不會煮，究竟是甚麼東西，就留給讀者自行想像。好在沒有寫明，否則蔡瀾先生煞有介事的去設計就只會再弄成笑話。

三：兩首揚州詩

這「二十四橋名月夜」後來在《鹿鼎記》又再出現（見第三十九回〈先生樂事行如櫛　小子浮蹤寄若萍〉），還有另一首杜牧的七絕，金庸說是「兩首揚州詩」，前一首為揚州判官而作，後一首講揚州夢。那一回是韋小寶重遊禪智寺，意圖毀芍藥花不成之後的節目。吳之榮請了歌妓唱歌，第一位便唱了這兩首詩，結果是叫欽差大人「有些不耐煩起來」。韋欽差聽曲有三大要求，一要歌妓年青美貌，二要唱風流小調，三要唱得浪蕩風騷。吳之榮拍錯馬屁，找來「實力派」歌妓，難免得罪欽差。

第一首是詩人秋夜漫遊於二十四橋之間，抬頭見明月，遠眺青山則隱隱約約，簫聲入耳，卻不知玉人在何處。

第二首的「楚腰」，用《韓非子・二柄》的典：「楚靈王好細腰，而國中多餓人。」可惜不知當時的標準要多細的腰。近古法國宮廷亦流行細腰，以十四英吋為度，一般人兩手的食指和拇指圍一個小圈就可以環抱這種細腰。現在還有人效法，看上去真害怕她的腰會折斷，非常恐怖。

生平第一知己！（《射鵰英雄傳》第十三回）

一：孫郎良苦……淚流如雨

蓉兒與靖哥哥遊太湖，見「煙波浩淼，一竿獨釣，真像是一幅水墨山水一般」，便放聲高歌。引得陸乘風和應，黃蓉唱上半，陸乘風唱下半，二人因而相識，倒有點像時人唱KTV論交。

唱的是朱敦儒（一〇八一至一一五九）的一首《水龍吟》：

放船千里凌波去，略為吳山留顧。雲屯水府，濤隨神女，九江東注。北客翩然，壯心偏感，年華將暮。念伊嵩舊隱，巢由故友，南柯夢，遽如許！

回首妖氛未掃，問人間英雄何處？奇謀報國，可憐無用，塵昏白羽。鐵鎖橫江，錦帆沖浪，孫郎良苦。但愁敲桂櫂，悲吟梁父，淚流如雨。

上半的重點在於「壯心偏感，年華將暮」兩句；下半的重點在於「奇謀報國，可憐無用」兩句。

神女的典出於戰國時楚人宋玉的《高唐賦》（或謂為後人假託），內容有點「兒童不宜」，不贅論。巢父與許由，相傳為上古有德隱士，伊河流經嵩山，是為「隱居勝地」。帝堯先後將天下讓與巢父與許由，二人皆不答應，後來帝堯讓位予帝舜。或謂巢父與許由實為一人。

南柯夢，源出唐人李公佐的傳奇名著《南柯太守傳》，故事的主人翁淳于棼一日飲酒槐樹下，醉而夢入槐安國，貴為駙馬，出任南柯太守，享盡榮華富貴，一覺醒來，夕陽未下。所以朱敦儒說「南柯夢，遽如許」。

下半多用三國魏晉間的典。「鐵鎖橫江」該教讀者聯想到《連城訣》的「鐵鎖橫江」戚長發：

> 丁典哈哈大笑，道：「小兄弟，你自己才是忠厚老實得可以。鐵鎖橫江，那是叫人上也上不得，下也下不得。老一輩的武林人物，誰不知道這個外號的含意？你師父聰明機變，厲害之極，只要是誰惹上了他，他一定挖空心思的報復，叫人好似一艘船在江心渦漩中亂轉，上也上不得，下也下不得。你如不信，將來出獄之後，盡可到外面打聽打聽。」
>
> 《連城訣》第二回

三國末魏滅蜀，不久司馬炎（二三六至二九〇）又篡魏自立，國號曰晉。吳主孫皓（二四三至二八四）為防晉軍沿江而下，以鐵錐鐵鎖置於江中以防，就是「鐵鎖橫江」的故事。鐵鎖橫江終究無用，中唐詩人劉禹錫（七七二至八四二）的《西塞山懷古》云：

王濬樓船下益州，金陵王氣黯然收。千尋鐵鎖沉江底，一片降幡出石頭。
人世幾回傷往事，山形依舊枕江流。今逢四海為家日，故壘蕭蕭蘆荻秋。

王濬（二〇六至二八五）在滅吳一役建了首功。石頭城是南京的別名，孫吳以來，六朝皆以南京為都（吳稱建業，東晉、宋齊梁陳稱建康）。

孫郎通常專指奠定東吳基業的小霸王孫策（一七五至二〇〇），孫策有北定中原的雄圖，可惜短命。其弟孫權（一八二至二五二）坐享其成，到了孫皓更純採守勢，以鐵鎖橫江，最後「一片降幡出石頭」，難怪欲「與天下爭衡」的孫策要有良苦之感。這裡重點不在「鐵鎖橫江」，卻在「孫郎良苦」。

《梁父吟》是諸葛亮（一八一至二三四）的「招牌名曲」，若然孔明生在今天，與博陵崔州平、穎川石廣元、汝南孟公威等人唱KTV消遣，一定要唱這一曲《梁父吟》！朱敦儒這一首《水龍吟》多用北伐無功的典，諸葛亮「出師未捷身先死，長使英雄淚滿襟。」難怪要「悲吟梁父，淚流如雨」。

「櫂」與「棹」通，由「敲櫂」想到「擊楫」，又是另一個北伐無功的英雄。文天祥

（一二三六至一二八二）的《正氣歌》有云：「或為渡江楫，慷慨吞胡羯。」那是詠東晉的祖逖（二六六至三二一）。《晉書．祖逖傳》記祖逖率領部曲渡江：「……中流擊楫而誓曰：『祖逖不能清中原而復濟者，有如大江！』辭色壯烈，眾皆慨歎。」楫與櫂都是船槳，短的是楫，長的是櫂。

「年華將暮」、「妖氛未掃」、空「問人間英雄何處」，只落得「淚流如雨」而已。這個倒很合陸乘風的心境，追捕黑風雙煞無功，與北伐無功有同病相憐之嘆。

二：有淚如傾

金庸將這首《水龍吟》分給黃蓉陸乘風合唱，倒不是隨便亂抄，再來個畫龍點睛，更豐富了郭靖黃蓉兩個角色的內涵：

三人對飲了兩杯。那漁人道：「適才小哥所歌的那首《水龍吟》情致鬱勃，實是絕妙好詞。小哥年紀輕輕，居然能領會詞中深意，也真難得。」黃蓉聽他說話老氣橫秋，微微一笑，說道：「宋室南渡之後，詞人墨客，無一不有家國之悲。」那漁人點頭稱是。黃蓉道：

「張于湖的《六洲歌頭》中言道：『聞道中原，遺老常南望。翠葆霓旌。使行人到此，忠憤氣填膺，有淚如傾。』也正是這個意思呢。」那漁人拍几高唱：「使行人到此，忠憤氣填膺，有淚如傾。」連斟三杯酒，杯杯飲乾。

兩人談起詩詞，甚是投機。其實黃蓉小小年紀，又有甚麼家國之悲？至於詞中深意，更是難以體會，只不過從前聽父親說過，這時便搬述出來，言語中見解精到，頗具雅量高致，那漁人不住擊桌讚賞。郭靖在一旁聽著，全然不知所云。見那漁人佩服黃蓉，心下自是喜歡。又談了一會，眼見暮靄蒼蒼，湖上煙霧更濃。

《射鵰英雄傳》第十三回

這一段忘年之交的情節，寫陸乘風的談吐甚見優雅，也顯出作者的功力。

張孝祥（一一三三至一一七〇），字安國，號于湖居士，這首《六州歌頭》全文是：

長淮望斷，關塞莽然平。徵塵暗，霜風勁，悄邊聲，黯銷凝。追想當年事，殆天數，非人力，洙泗上，弦歌地，亦羶腥。隔水氈鄉，落日牛羊下，區脫縱橫。看名王宵獵，騎火一川明，笳鼓悲鳴，遣人驚。

念腰間箭，匣中劍，空埃蠹，竟何成！時易失，心徒壯，歲將零，渺神京。干羽方懷遠，靜烽燧，且休兵。冠蓋使，紛馳騖，若為情。聞道中原遺老，常難望、翠葆霓旌。使行人到此，忠憤氣填膺，有淚如傾。

前半寫淮水、洙水、泗水流域都變成了金人的牧場。後半概嘆英雄無用武之地，「殆天數」而「非人力」。空有壯志雄心、「忠憤氣填膺」，只好「有淚如傾。」

最後「五湖廢人」陸乘風許「才貌雙全」的小黃蓉為「生平第一知己」，卻是為了品評他所書岳飛的《小重山》：

昨夜驚蛩不住鳴。驚回千里，已三更。起來獨自遶階行。人悄悄，簾外月朧明。白首為功名。舊山松竹老，阻歸程。將欲心事付瑤箏。知音少，弦斷有誰聽？

陸乘風「一腔憤激，滿腹委曲」，全因為恩師不問事非、倒行逆施。弦斷能續，腿傷卻終生不得復原，「念腰間箭，匣中劍，空埃蠹，竟何成！時易失，心徒壯，歲將零，渺神京。」才是文武雙全的陸乘風傷痛之處，怪不得他命不長久，歸雲莊一會，雖得黃藥師重納門牆，還是要鬱鬱而終。

三：長使英雄淚滿襟

英雄總是愛流淚，還有杜詩聖為諸葛孔明再流一場：

丞相祠堂何處尋，錦官城外柏森森。映階碧草自春色，隔葉黃鸝空好音。
三顧頻煩天下計，兩朝開濟老臣心。出師未捷身先死，長使英雄淚滿襟。

——杜甫《蜀相》

岳武穆詞（《射鵰英雄傳》第十三回）

一：白髮功名

怒髮衝冠，憑欄處，瀟瀟雨歇。抬望眼，仰天長嘯，壯懷激烈。三十功名塵與土，八千里路雲和月。莫等閒，白了少年頭，空悲切。

靖康恥，猶未雪。臣子恨，何時滅。駕長車踏破，賀蘭山缺。壯志饑餐胡虜肉，笑談渴飲匈奴血。待從頭，收拾舊山河，朝天闕。

岳飛《滿江紅》

昨夜寒蛩不住鳴。驚回千里夢，已三更。起來獨自遶階行。人悄悄，簾外月朧明。

白首為功名。舊山松竹老，阻歸程。欲將心事付瑤箏。知音少，絃斷有誰聽？

岳飛《小重山》

二：無端成了知己

岳飛這首的《滿江紅》膾炙人口，不必多介紹，凡講到《滿江紅》這個詞牌，相信一定會令聯想到這首名作。

《射鵰英雄傳》主角郭靖的名字就是從詞中靖康恥一句得來。近代有評論認為這詞不是岳飛所作，金庸也傾向贊同這一說法。（見《射鵰英雄傳》第二十八回〈鐵掌峰頂〉的附註）當中較強的證據有兩點。第一是此詞最早見於明人記載，不過既然金庸在新三版《射鵰英雄傳》中以在雲南聽曲作為證據，說黃蓉沒有鬧出「宋代才女唱元曲」的笑話，那麼單憑這一點也不能說是確證。第二是賀蘭山在今日甘肅省境，岳飛的抱負是「直搗黃龍」，路徑不對、於理不合。但是近人考據，說岳飛《滿江紅》詞中的賀蘭山在今河北磁縣，正是徽欽二宗被金人劫持赴燕京所經之地，由賀蘭山缺北上朝天闕、迎二聖就顯得合情合理。

這首《滿江紅》太過出名，金庸只是隨便引錄幾句，沒有抄足全部。岳飛另一首《小重山》就借陸乘風的水墨畫來介紹，黃蓉把父親平日所教依樣葫蘆，完全說中了陸乘風的心意：

黃蓉道：「莊主這幅圖畫，寫出了岳武穆作這首《小重山》詞時壯志難伸、彷徨無計的心情。只不過岳武穆雄心壯志，乃是為國為民，「白首為功名」這一句話，或許是避嫌養晦之意。當年朝中君臣都想與金人議和，岳飛力持不可，只可惜無人聽他的。「知音少，弦斷有誰聽？」這兩句，據說是指此事而言，那是一番無可奈何的心情，卻不是公然要和朝廷作對。莊主作畫寫字之時，卻似是一腔憤激，滿腔委曲，筆力固然雄健之極，但是鋒芒畢露，像是要與大仇人拚個你死我活一般，只恐與岳武穆憂國傷時的原意略有不合。小可曾聽人說，書畫筆墨若是過求有力，少了圓渾蘊藉之意，似乎尚未能說是極高的境界。」

《射鵰英雄傳》第十三回〈五湖廢人〉

三：另一首《滿江紅》

岳飛傳世的詞，總共只有三首，還有一首詞牌也是《滿江紅》：

遙望中原，荒煙外，許多城郭。想當年，花遮柳護，鳳樓龍閣。萬歲山前珠翠繞，蓬壺殿裡笙歌作。到而今、鐵騎滿郊畿，風塵惡。

兵安在？膏鋒鍔；民安在？填溝壑。嘆江山如故，千村寥落。何日請纓提銳旅，一鞭直渡清河洛。卻歸來，再續漢陽游，騎黃鶴。

岳飛《滿江紅》

這個膏字可以說說，膏是油脂，引伸為糊狀黏稠之物，這裡解作「給沾著」、「給蘸著」，舊日報上形容女性遇上色狼、幸而有驚無險，叫作「險膏狼吻」，這種修辭近年幾已絕跡。

據云前一首《滿江紅》作於紹興三年，這一首《滿江紅》作於紹興四年，這段時間岳飛的事業功名在上升中，對他迎二聖比較樂觀，兩首詞的風格也很一致。《小重山》則作於紹興八年，朝廷戰和不定。

兩首《菩薩蠻》（《射鵰英雄傳》第十三回）

一：花強妾貌強？

牡丹含露真珠顆，美人折向庭前過。含笑問檀郎，花強妾貌強。檀郎故相惱，須道花枝好。一面發嬌嗔，碎挼花打人。

無名氏《菩薩蠻》

二：花打人！

裘千丈假冒成裘千仞到處招搖撞騙，陸乘風迫不得已，與黃蓉一起偷窺裘老前輩練功，老頭兒肚能噴煙，把陸乘風騙倒，以為「想來摘花採葉都能傷人」，黃蓉隨口便說：「碎挼花打人！」這份急才，大得陸乘風讚賞：

原來唐時有無名氏作小詞《菩薩蠻》一首道：「牡丹含露真珠顆，美人折向庭前過。含笑問檀郎：『花強妾貌強？』檀郎故相惱，須道「花枝好。」一向發嬌嗔，碎挼花打人。」

這首詞流傳很廣，後來出了一樁案子，一個惡婦把丈夫兩條腿打斷了，唐宣宗皇帝得知後，曾笑對宰相道：「這不是『碎挼花打人』麼？」是以黃蓉用了這個典故。

《射鵰英雄傳》第十三回〈五湖廢人〉

檀郎指中國歷史上有名的美男子潘岳（？-至三〇〇），岳字安仁，小字檀奴，故稱。俗多誤稱為「潘安」。後世女子以檀郎稱自己的愛人，未免誇大，世上豈能有這許多美男子？潘岳「狀態」最佳的時候，在洛陽城「游車河」，城中「擁躉」爭相把果子擲到他的車上，每每滿載而歸。如果生在今天，可能給瘋狂的婦女抓爛一身衣服，甚至撕開數片！可惜潘岳的俊美容貌並不恆久，鬢髮中年已斑白，現代人以白髮為成熟的象徵，古人卻以為是衰老的開始。潘岳人品不佳，在政治上押錯寶，連累全寫。

三：人與詞都鬧雙胞

金庸筆下的孿生子大多是「同卵孿生」，即是外貌十分相似，《書劍恩仇錄》有黑白無常，同卵孿生的人，基因沒有分別，但是性格可以有很大差異。美國有人追縱過許多自幼因環境所迫而分離成長的同卵孿生子，發覺他們雖然在不同環境長大，成長後之後，許多特質都很相似，包括職業、社會地位、生活習慣等等，由此可以得出環境對人的成長不見得比遺傳重要得很多。

《飛狐外傳》有福康安和馬春花的一對兒子等等。

當然這也不是百分之百正確，許多人都可以隨便舉出反證，說道他們的生活圈子之中，見到有外貌一模一樣的孿生子，應該是同卵的，也可以有很不同的性格，人生路途也大不相同，包括興趣、職業、成就、甚至年壽等等。

《射雕英雄傳》的孿生子裘千丈和裘千仞就是截然不同的人，金庸的解釋是：

原來裘千丈與裘千仞是同胞孿生兄弟，幼時兩人性情容貌，全無分別。到十三歲上，裘千仞無意之間救了鐵掌幫上官幫主的性命。那上官幫主感恩圖報，將全身武功傾囊相授。裘千仞到得二十四歲時，功夫寖尋有青出於藍之勢，次年上官幫主逝世，臨終時將鐵掌幫幫主之位傳了給他。

裘千仞非但武功驚人，而且極有才略，數年之間，將原來一個小小幫會整頓得好生興旺，……鐵掌水上飄的名頭威震江湖。當年華山論劍，王重陽等曾邀他參預。裘千仞以鐵掌神功尚未大成，自知非王重陽敵手，故而謝絕赴會，十餘年來隱居在鐵掌峰下閉門苦練，有心要在二次論劍時奪取「武功天下第一」的榮號。

此時裘千丈的生性與兄弟已全然不同，一個武藝日進，一個自愧不如之餘，愈來愈愛吹牛騙人。……

《射雕英雄傳》第二十八回〈鐵掌峰頂〉

這花強妾貌強的一問，還有另一版本，是張先（九九〇至一〇七八）的作品：

牡丹含露真珠顆。美人折向簾前過。含笑問檀郎。花強妾貌強。

檀郎故相惱。剛道花枝好。花若勝如奴。花還解語無。

上半大同小異，一如十三歲前的裘氏兄弟，無名氏筆下的美人要動手打那「檀郎」，張先版的美人卻講道理，「花還解語無」？

兩位美人，各有風緻，發嬌嗔打人是一境，解語又是一境。

鴛鴦織就欲雙飛，可憐未老頭先白（《射鵰英雄傳》第十七回）

老頑童周伯通天不怕地不怕，生平只怕兩個人，一個是師哥王重陽，一個是把弟刁鑽古怪的老婆。黃蓉要對付老頑頭，只消唸一唸「四張機」，就有如唐三藏唸緊箍咒一樣，齊天大聖也立刻貼貼服服。

《全宋詞》載有兩首《九張機》，作者都題為「無名氏」，第一首是：

一張機，織梭光景去如飛，蘭房夜永愁無寐。嘔嘔軋軋，織成春恨，留著待郎歸。

兩張機，月明人靜漏聲稀，千絲萬縷相縈繫。織成一段，回紋錦字，將去寄呈伊。

三張機，中心有朵耍花兒，嬌紅嫩綠春明媚。君須早折，一枝濃豔，莫待過芳菲。

四張機，鴛鴦織就欲雙飛，可憐未老頭先白。春波碧草，曉寒深處，相對浴紅衣。

五張機。芳心密與巧心期。合歡樹上枝連理。雙頭花下，兩同心處，一對化生兒。

六張機。雕花鋪錦半離披。蘭房別有留春計。爐添小篆，日長一線，相對繡工遲。

七張機。春蠶吐盡一生絲。莫教容易裁羅綺。無端翦破，仙鸞彩鳳，分作兩般衣。

八張機。纖纖玉手住無時。蜀江濯盡春波媚。香遺囊麝，花房繡被。歸去意遲遲。

九張機。一心長在百花枝。百花共作紅堆被。都將春色，藏頭裏面，不怕睡多時。

輕絲。象床玉手出新奇。千花萬草光凝碧。裁縫衣著，春天歌舞，飛蝶語黃鸝。

春衣。素絲染就已堪悲。塵世昏污無顏色。應同秋扇，從茲永棄。無復奉君時。

金庸就借了其中的四張機來説周伯通與瑛姑的孽緣，以繡有鴛鴦戲水圖的錦帕，作為二人的定情信物。「鴛鴦織就欲雙飛，可憐未老頭先白」最早是周伯通先桃花島中毒受傷之後，迷迷糊糊中念第一次出來的。

「可憐未老頭先白」則用來形容書中瑛姑初出場時的面貌：「容色清麗，不過四十左右年紀，想是思慮過度，是以鬢邊早見華髮。」（《射鵰英雄傳》第二十九回）老頑童這人可真沒有良心，反臉不認人，竟然將錦帕擲回給瑛姑（當時還是劉貴妃）便不顧而去。

以錦帕贈意中人，還有《神鵰俠侶》李莫愁繡給陸展元的，以紅花綠葉為圖案，這錦帕後來一分為，最終給李莫愁親手撕毀。

全首《九張機》寫閨中織女一邊織春衣一邊思念情郎，用語淺白。其實織織復織織，春衣無非是春恨，甚麼春波春計、春色春天，全是可憐人一廂情願的幻想，「只情可待成追憶，只是當時已惘然」。最後春衣織成，情郎未歸，忽然想去自已一番深情，只如秋扇見捐！

《全宋詞》的另一首《九張機》真的只說九張機：

一張機。采桑陌上試春衣。風晴日暖慵無力。桃花枝上，啼鶯言語，不肯放人歸。

兩張機。行人立馬意遲遲。深心未忍輕分付，回頭一笑，花間歸去，只恐被花知。

三張機。吳蠶已老燕雛飛。東風宴罷長洲苑，輕綃催趁，館娃宮女，要換舞時衣。

四張機。咿啞聲裏暗顰眉。回梭織朵垂蓮子。盤花易綰，愁心難整，脈脈亂如絲。

五張機。橫紋織就沈郎詩。中心一句無人會。不言愁恨，不言憔悴。只恁寄相思。

六張機。行行都是耍花兒。花間更有雙蝴蝶，停梭一晌，閒窗影裏。獨自看多時。

七張機。鴛鴦織就又遲疑。只恐被人輕裁剪，分飛兩處，一場離恨，何計再相隨。

八張機。回紋知是阿誰詩。織成一片淒涼意。行行讀遍，厭厭無語，不忍更尋思。

九張機。雙花雙葉又雙枝。薄情自古多離別。從頭到底。心縈繫。穿過一條絲。

東邪高歌子建辭（《射鵰英雄傳》第二十二回）

一：兩首悼亡辭

金瓠，余之首女。雖未能言，固已授色知心矣。生十九旬而夭折，乃作此辭。辭曰：在繈褓而撫育，尚孩笑而未言。不終年而夭絕，何見罰於皇天。信吾罪之所招，悲弱子之無愆。去父母之懷抱，滅微骸於糞土。天長地久，人生幾時，先後無覺，從爾有期。

曹植〈金瓠哀辭〉

行女生于季秋，而終于首夏。三年之中，二子頻喪。伊上帝之降命，何修短之難裁？或華髮以終年，或懷妊而逢災。感前哀之未闋，復新殃之重來！方朝華而晚敷，比晨露而先晞。感逝者之不追，悵情忽而失度，天蓋高而無階，懷此恨其誰訴？

曹植〈行女哀辭〉

二：黃老邪唱歌、小王爺解話

卻說桃花島上招親，鬧出了許多風波，大海舟中靈智上人先後給歐陽鋒和周伯通像耍猴兒般的擺布戲弄，便遷怒於黃藥師，騙他說洪七公、周伯通、郭靖和黃蓉等人都死在海上。黃藥師大悲之餘便唱起歌來：

> 黃藥師哭了一陣，舉起玉簫擊打船舷，唱了起來，只聽他唱道：「伊上帝之降命，何修短之難栽？或華髮以終年，或懷妊而逢災。感前哀之未闋，復新殃之重來。方朝華而晚敷，比晨露而先晞。感逝者之不追，情忽忽而失度，天蓋高而無階，懷此恨其誰訴？」拍的一聲，玉簫折為兩截。黃藥師頭也不回，走向船頭。
>
> 《射鵰英雄傳》第二十二回〈騎鯊遨遊〉

然後靈智上人不信世上有這麼多高手可以讓他在一天之內會一餐飽，便對黃藥師無禮，於是黃藥師仍依著歐陽鋒和周伯通的手法抓著了靈智上人頸後的肥肉，將他肥大的身軀倒轉過來。這頸後肉倒似是一般家貓所有，只要一把捏住，平日傲慢慣的貓也會貼貼服服。金庸這番武功描寫雖然重覆再三，卻頭頭是道，可見其心思之細密順。然後叫黃藥師再念幾句曹植辭：

原來靈智上人所練武功，頸後是破綻所在，他身形一動，歐陽鋒、周伯通、黃藥師等大高手立時瞧出，是以三人一出手便都攻擊他這弱點，都是一抓即中。黃藥師唱道：「天長地久，人生幾時？先後無覺，從爾有期。」青影一晃，已自躍入來船，轉舵揚帆去了。」

《射鵰英雄傳》第二十二回〈騎鯊遨遊〉

黃藥師唱的歌內容太深，金庸便編派楊康來向眾人解釋，至於一個如此驕縱的金國親王之子為甚麼讀書讀得那樣博，那就不必深究了：

楊康道：「他唱的是三國時候曹子建所做的詩，那曹子建死了女兒，做了兩首哀辭。詩中說，有的人活到頭髮白，有的嬰兒在娘肚裡沒出世就夭折了，上帝為甚麼這樣不公平？只恨天高沒有梯階，滿心悲恨卻不能上去向上帝哭訴。他最後說，我十分傷心，跟著你來的日子也不遠了。」眾武師都讚：「小王爺是讀書人，學問真好，咱們粗人那裡懂得？」

《射鵰英雄傳》第二十二回〈騎鯊遨遊〉

三：二合為一

金庸在曹植兩首辭中剪裁，挑出合用的重組，叫楊康也解得有點含糊。事實上曹植兩番喪女而作辭，金瓠出生不足百多日而夭亡，是為「前哀」；行女生於季秋，歷冬春而夭於初夏，在世六個月有餘、七個月不甚足，與長姊命運一樣，是為「新殃」。

古人心目中的上帝，與現代西方文化傳來的概念不一樣，這上帝不是造物者，只是掌管上界的神靈，古人認為天上與人間的政制都是差不多的。當人間有不平事，可以向上帝投訴，請上帝主持公道。

以上的引文，據新三版《射雕英雄傳》，「有的嬰兒在娘肚裡沒出世就夭折了」，用〈行女哀辭〉的「或懷妊而逢災」，修訂二版本作「有的孩子卻幼小就夭折了」，用〈金瓠哀辭〉的「不終年而夭絕」。

另外眾武師說「那裡懂得」，在修訂二版是「那裡知曉」，「知曉」可不是粗人「懂得」用的。

金庸不辭勞苦第三次修訂，用功之精，於此可見一班，因為金庸的作品要受無休止的嚴格挑剔。筆者也試過雞蛋裡挑骨頭，如《笑傲江湖》中令狐沖因為聽到沖虛當面批評岳不群，究然脫口便說：「既輩不敢聞師之過。」那就未免太有學問了！

見不慣風入松，便來個人入缸（《射鵰英雄傳》第二十三回）

一：讀書人吃酒詞

一春長費買花錢，日日醉湖邊。玉驄慣識西湖路，驕嘶過沽酒樓前。紅杏香中歌舞，綠楊影裏秋千。暖風十里麗人天，花壓鬢雲偏，畫船載取香歸去，餘情付湖水湖煙。明日重扶殘醉，來尋陌上花鈿。

俞國寶〈風入松〉

二：小家子氣

《射鵰英雄傳》寫郭靖與黃蓉在臨安老家，偶遇俞國寶這闋詞，郭大俠聽得不是味兒：

黃蓉道：「詞倒是好詞。」郭靖求她將詞中之意解釋了一遍，越聽越覺不是味兒，說道：「這是大宋京師之地，這些讀書做官的人整日價只是喝酒賞花，難道光復中原之事，就再也不理會了嗎？」黃蓉道：「正是。這些人可說是全無心肝。」

《射鵰英雄傳》第二十三回〈大鬧禁宮〉

小黃蓉腦筋果然轉得快，立刻改口投靖哥哥所好，此時又引來好事之徒惹靖哥哥生氣：

忽聽身後有人說道：「哼！兩位知道什麼，卻在這裡亂說。」兩人一齊轉身，只見一人文士打扮，約莫四十上下年紀，不住冷笑。郭靖作個揖，說道：「小可不解，請先生指教。」那人道：「這是淳熙年間太學生俞國寶的得意之作。當年高宗太上皇到這兒來吃酒，見了這詞，大大稱許，即日就賞了俞國寶一個功名。這是讀書人的不世奇遇，兩位焉得妄加譏彈！」黃蓉道：「這屏風皇帝瞧過，是以酒店主人用碧紗籠了起來？」那人冷笑道：「豈但如此？你們瞧，屏風上『明日重扶殘醉』這一句，曾有兩個字改過的不是？」郭黃二人細看，果見『扶』字原是個『攜』字，『醉』字原是個『酒』字。那人道：『俞國寶原本寫的是『明日重攜殘酒』。太上皇笑道：『詞雖好，這一句卻小家氣』，於是提筆改了兩字。那真是天縱睿智，方能這般點鐵成金呀。」說著搖頭晃腦，嘆賞不已。

《射鵰英雄傳》第二十三回〈大鬧禁宮〉

以詞論詞，太上皇果然改得好，不愧點鐵成金，只是實在不合太上皇和太學生的身分。

三：郭大俠飛腳碎屏風

詞雖好，但得罪了日後威名顯赫的「少年版」郭大俠，屏風注定要毀碎，詞亦得重改：

郭靖聽了大怒，喝道：「這高宗皇帝，便是重用秦檜、害死岳爺爺的昏君！」飛起一腳將屏風踢得粉碎，反手抓起那酸儒向前送出，撲通一聲，酒香四溢，那人頭上腳下的栽入了酒缸。黃蓉大聲喝彩，笑道：「我也將這兩句改上一改，叫作『今日端正殘酒，憑君入缸沉醉！』那文士正從酒缸中酒水淋漓的探起頭來，說道：「『醉』字仄聲，押不上韻。』黃蓉道：『《風入松》便押不上，我這首《人入缸》卻押得！」伸手將他的頭又捺入酒中，跟著掀翻桌子，一陣亂打。眾酒客與店主人不知何故，紛紛逃出店外。兩人打得興起，將酒缸鍋鑊盡皆搗爛，最後郭靖使出降龍十八掌手段，奮力幾下推震，打斷了店中大柱，屋頂塌將下來，一座酒家刹時化為斷木殘垣，不成模樣。

《射鵰英雄傳》第二十三回〈大鬧禁宮〉

一個旅遊景點，就此毀在一男一女兩個惡少之手。

小查詩人擅用素材，這一段文字似與「武」字扯不上關係，但一首〈風入松〉，鋪演出郭黃的人物性情，兼評南宋初年的風氣敗壞，再加「人入缸」的笑話，的確有趣。

十里荷花（《射鵰英雄傳》第二十三回）

一：望海潮

東南形勝，三吳都會，錢塘自古繁華。煙柳畫橋，風簾翠幕，參差十萬人家。雲樹繞堤沙，怒濤卷霜雪，天塹無涯。市列珠璣，戶盈羅綺競豪奢。

重湖疊巘清嘉，有三秋桂子，十里荷花。羌管弄晴，菱歌泛夜，嬉嬉釣叟蓮娃。千騎擁高牙，乘醉聽簫鼓，吟賞煙霞。異日圖將好景，歸去鳳池誇。

柳永〈望海潮〉

二：全首引錄詳解

《射鵰英雄傳》全數引錄柳永這首〈望海潮〉，郭靖、黃蓉無意中聽得隔壁的歌妓為完顏洪烈、完顏康（楊康）獻唱：

燈燭之下，郭靖望見廊邊數十個靚妝妓女坐成一排，心中暗暗納罕，正要詢問，忽聽得隔壁閣子中完顏洪烈的聲音說道：「也好！這就叫人來唱曲下酒。」郭靖與黃蓉對望一眼，均想：正是踏破鐵鞋無覓處，得來全不費功夫。店小二叫了一聲，妓女中便有一人娉娉婷婷的站起身來，手持牙板，走進隔壁閣子。

過不多時，那歌妓唱了起來，黃蓉側耳靜聽，但聽她唱道：「東南形勝……

郭靖自不懂她咿咿啊啊的唱些甚麼，但覺牙板輕擊，簫聲悠揚，倒也甚是動聽。……

《射鵰英雄傳》第二十三回〈大鬧禁宮〉

接著完顏洪烈敘述金主亮因為這首詞而決定用兵江南的故事。完顏亮是虛構的完顏洪烈的祖父，而完顏洪烈這個「金國六王子」是不幸夭折的娃娃，本欄已介紹過。

三：牽動長江萬里愁

南宋羅大經的《鶴林玉露》丙篇卷一有〈十里荷花〉一條，即講論這首詞：

近時謝處厚詩云：「誰把杭州曲子謳？荷花十里送三秋。那知草木無情物，牽動長江萬里愁。」余謂此詞雖牽動長江萬之愁，然卒為金主送死之媒，未足恨也。至於荷豔桂香，妝點湖山之清麗，使士夫流連於歌舞嬉遊之樂，遂忘中原，是則深可恨耳。因和其詩云：「殺胡快劍是清謳，牛渚依然一片秋。卻恨荷花留玉輦，竟忘煙柳汴宮愁。」

完顏亮舉兵南侵，南宋偏安小皇朝有傾覆之虞，幸而能夠退敵。羅大經要柳永承擔後代士夫忘記國恥之責，其過與俞國寶〈風入松〉同論，未免過於嚴苛。倘若羅大經身負黃蓉幫主的武藝，柳永又與之同時，要不要來個「人入缸」？

無知小兒錯認祖宗（《射雕英雄傳》第二十三回）

一：好豪壯的氣概！

萬里車書盡相同，江南豈有別疆封。
提兵百萬西湖上，立馬吳山第一峰。

完顏亮《南征至維揚望江左》

二：那能有這長命？

這七絕又稱《題西湖圖》，是金朝第四任皇帝，史稱「金主亮」的廢帝海陵庶人完顏亮（一一二二至一一六一）所作，完顏洪烈說出這一段掌故時，楊康讚道：「好豪壯的氣概！」剛巧在旁的郭靖聽得惱怒之極，只捏得手指格格直響（見《射雕英雄傳》第二十三回〈大鬧禁宮〉）。

第一句用秦始皇統一天下之後「車同軌，書同文」的典。秦始皇又採納李斯的意見，決定不再行封建，金主亮以秦皇自擬，自不能忍受趙宋小王朝偏安江南、裂土封疆。或謂「提兵」又作「屯兵」，但是必須用一個提字，才顯得出立威揚武的豪壯氣概，若只是屯兵，就似有觀望不前的意味。

金庸指明這個所謂金章宗完顏璟（一一六八至一二〇八）的第六子趙王完顏洪烈，歷史上並無其人，其兄三王爺榮王完顏洪熙卻是真的。其實完顏洪熙雖真有其人，但他可沒有那麼長命，能夠長大成人去大灑金錢戲弄蒙古小孩（見《射雕英雄傳》第三回〈大漠風沙〉）。

金章宗是趙王之父、亦即「完顏康」的「祖父」。但是一看「完顏康祖父」的生卒年就出問題了！讀者諸君定必記得「射雕英雄」郭大俠是在一二〇〇年出生的！據《金史》所載，金章宗六個兒子都夭折，沒有一個活多過三歲。第六子葛王忒鱗（一二〇二至一二〇三）只得兩歲命，而且出生比郭靖還要遲！結果章宗死後，皇位落在他堂叔廢帝衛紹王完顏永濟（？至一二一三）之手。金章宗的第六子「完顏洪烈」若是能與郭靖碰頭，還得要叫郭靖一聲哥哥！

三：錯認祖宗！

金庸要不幸夭折的小皇子早出生二十多年，還給他四十來歲的壽元，想當皇帝：

完顏洪烈嘆道：「金主亮提兵南征，立馬吳山之志雖然不酬，但他這番投鞭渡江的豪氣，卻是咱們做子孫的人所當效法的。他曾在扇子上題詩道：『大柄若在手，清風滿天下』，這是何等的志向！」楊康連聲吟道：「大柄若在手，清風滿天下。」言下甚是神往。歐陽鋒乾笑數聲，說道：「他日王爺大柄在手，立馬吳山之志定然可酬了。」

《射雕英雄傳》第二十三回〈大鬧禁宮〉

完顏洪烈以「金主亮」來稱呼「海陵庶人」自然不對，說甚麼「做子孫的」也錯。完顏亮是金朝第一任君主金太祖完顏阿骨打（一〇六八至一一二三）的孫兒（金庸在《天龍八部》安排阿骨打與蕭峰結拜）。完顏洪烈的曾祖父金世宗完顏雍（一一二三至一一八九）卻是阿骨打的姪孫，是金朝第二任君主金太宗完顏吳乞買的孫兒。

這還不打緊，最大的問題是金世宗與金主亮有血海深仇，因此完顏洪烈是不能如此尊稱金主亮。金主亮弒殺第三世君主金熙宗完顏亶（一一三五至一一四九）自立為帝。金人劉祈的《歸潛志》評金主亮為：「雖淫暴自強，而英銳有大志，定官制、律令，皆可觀。又擢用人才，將混一天下，功雖不成，其強至矣。」金主亮的淫暴，明人馮夢龍的《醒世恆言》第二十三卷〈金海陵縱慾亡身〉有詳盡記述，宗室大臣的女眷被金主亮姦淫的為數不少，世宗之妻不從而自殺，世宗繼位之後為悼念亡妻，終生不立后。金主亮南侵兵敗，北歸時為臣下所弒。世宗降之為海陵郡王，後又降為海陵庶人。

無論如何，完顏洪烈是不能做那末「恢復名譽」金主亮的「子孫」。

《射鵰英雄傳》的時代，金國皇帝是金宣宗完顏珣（一一六三至一二二四），他是金世宗的長孫，金章宗的兄長。完顏洪烈要喊他一聲伯父。

用情深至金海陵（《射鵰英雄傳》第二十四回）

一：《過汝陰作》

門掩黃昏染綠苔，那回蹤跡半塵埃。
空庭日暮烏爭躁，幽徑草深人未來。
數仞假山當戶牖，一池春水遶樓臺。
繁花不識興亡地，猶倚闌干次第開。

完顏亮《過汝陰作》

二：為了物理學教授

讀者如自認將《金庸作品集》讀得爛熟，或會懷疑自己的記憶，完顏亮這首七律真的在集中出現過嗎？

答案是：原本沒有，卻是為了物理學教授而添（見新三版《射雕英雄傳》第二十四回〈密室療傷〉的附注）。教授談情說愛時不忘甚麼「危險系數」，評完顏洪烈對包惜弱的深愛不可能，殊不知人的感情總是「情」在「理」先，否則我們常人就會不講「情理」，既沒有「理情」之說，則道理多多的自不能是真的愛情。

金庸用這個「注」侃侃而談，用了三頁半紙的篇幅，是全書最長的「注」。因為金章宗的兒子全都夭折，六王爺「完顏洪烈」既不能長大成人，亦不是擅畫的楊后所出，金庸便拉了完顏亮詩來做佐證，完顏亮死後被廢為海陵庶人，史稱金主亮，又稱金海陵。

上文的〈過汝陰作〉出自岳飛後人岳珂的《桯史》，岳珂評金主亮為：「頗知書，好為詩詞，語出輒崛強，𩆜𩆜有不為人下之意。」金庸在新三版《射雕英雄傳》引錄的版本不同，最主要是第三句作「鳥爭笑」，容或另有出處。金庸只簡簡單單寫道：「豈非用情至深？令人低迴？」

對這首詩的意境，我的感受大有不同，絕無低迴之念。前六句寫境，一片蕭索景象，第七句忽然筆鋒一轉，大說興亡事，反映出詩人胸有大志，「便如一頭在暗窺伺獵物的豹子，雖然全無動靜，實則耳目心靈，全神貫注，每一片筋肉都鼓足了勁」（金庸形容蕭峰語，見《天龍八部》

第四十六回）。完顏亮此時準備就緒，「烏爭躁」是不放在心上，更忍不住要數落無知的繁花。因為天下將變，連依著季節規律開花也好像礙著他老人家。

三：矯矯不為人下

有這樣的體會，或許是因為讀這詩時是翻看《桯史》與詩人其他作品並讀。

第一首是〈以事出使道驛有竹輒詠之〉：

孤驛瀟瀟竹一叢，不同凡卉媚東風。
我心正與君相似，只待雲梢拂碧空。

詩人以竹自喻，有矯矯不群之意。其時已貴為歧王，所謂不媚東風，內中隱藏的志向可不算小。因為東風代表春天生發之氣，原是萬卉的主宰。竹本該是謙謙君子，在詩人眼中竟然可以霸道到拂碧空！

又有〈書壁述懷〉：

蛟龍潛匿隱滄波，且與蝦蟆作混和。

等待一朝頭角就，撼搖霹靂震山河。

還有《見几間有巖桂植瓶中筆賦》，更是彰明反意：

綠葉枝頭金縷裝，秋深自有別般香。

一朝揚汝名天下，也學君王著赭黃。

這個「也」字可圈可點，詩人要揚名天下著赭黃，鼓足了的勁快要發動，瓶中巖桂正好與主人看齊。

詩以言志，「猶倚闌干次第開」實在大有嘲諷之意，與「不同凡卉媚東風」、「且與蝦蟆作混和」的心意一脈相承，為的就是揚名天下著赭黃。所以這首〈過汝陰作〉雖是「用情深至」，卻未必「令人低迴」，寒意倒是有一點點。

丹青畫出是君山（《射鵰英雄傳》第二十七回）

一：遊洞庭

帝子瀟湘去不還，空餘秋草洞庭間。
淡掃明湖開玉鏡，丹青畫出是君山。

李白〈陪族叔刑部侍郎曄及中書賈舍人至遊洞湖五首〉之五

二：人生幾見月當頭

小黃蓉年未二八，洽巧有個學識淵博的邪門老爹，正好先在桃花島上了一課，學會佳句才去遊湖：

……只見一盤冰輪漸漸移至頭頂，照亮了半邊高台。黃蓉心道：「李太白詩云：『淡掃明湖開玉鏡，丹青畫出是君山。』他當日玩山賞月，何等自在，今夜景自相同，我和靖哥哥卻被縛在這里，真是令人又好氣又好笑！」月光緩移，照到台邊三個大字：「軒轅台」。黃蓉想起爹爹講述天下大江大湖的故事，曾說相傳黃帝於洞庭湖畔鑄鼎，鼎成後騎龍升天，想來此台便是紀念這回事了。

新三版《射雕英雄傳》第二十七回〈軒轅台前〉

這兩句詩純為白描，一定要身在君山才可以領略其意境。修訂二版原說冰輪移至「中天」，新三版改作「頭頂」，「中天」兩字挪到前一段。常言道：「人生幾見月當頭。」月在頭頂，恐怕比月在中天更不常見。我們住在現代混凝土森林的城市人，舉頭見不得一大片青天，實在少了許多人生樂趣。

帝子專指帝的女兒，《鹿鼎記》第二十五回回目的「烏飛白頭竄帝子」有解說。

瀟湘是瀟水和湘水，金庸筆下有《神雕俠侶》的瀟湘子，《笑傲江湖》衡山派的掌門「瀟湘夜雨」莫大先生。

三：娶了姑奶奶為妻！

李白陪長輩遊湖，共得七絕五首，頭四首是：

洞庭西望楚江分，水盡南天不見雲。日落長沙秋色遠，不知何處弔湘君。
南湖秋水夜無煙，耐可乘流直上天。且就洞庭賒月色，將船買酒白雲邊。
洛陽才子謫湘川，元禮同舟月下仙。記得長安還欲笑，不知何處是西天。
洞庭湖西秋月輝，瀟湘江北早鴻飛。醉客滿船歌白苧，不知霜露入秋衣。

李白詩如「天馬行空，不可羈勒」，這裡第二首最能突顯這種詩風，尤以一個「賒」字最佳。這八字評語最多人抄傳，出自清乾隆朝探花趙翼（一七二七至一八一四）的《甌北詩話》，趙詩人在《書劍恩仇錄》第十回出過場。看來李白之「想飛」，欲望之強烈必遠勝徐志摩（一八九七至一九三一，詩人，金庸的表兄），可惜李白沒有生在我們這個航空技術發達的時代，否則定要成為飛機師，即就考不上飛機師牌，也一定會試那載人的滑翔風筝，卻絕不會跑去跳降落傘。

湘君是湘水之神，相傳是帝堯的兩位女兒娥皇和女英，後來都嫁給帝舜。這一箭雙鵰的婚姻可大大的亂了輩份，帝堯是軒轅黃帝的玄孫，即是孫子的孫子，是為五世孫。帝舜是黃帝的八世孫，比娥皇女英低了兩輩，理應叫一聲姑奶奶。帝舜是聖人，不怕亂了輩份；楊過是西狂，只有倪匡先生認為他該是「西聖」，所以要娶高了一輩的姑姑為妻也不容易。在新三版《神雕俠侶》中，金庸用了很長的篇幅講論古代婚姻亂了輩份的事例。帝皇家是不必怎樣講倫理道德的。

岳飛詩之一：翠微亭與龍居寺（《射鵰英雄傳》第二十八回）

一：《射雕》兩首武穆詩

經年塵土滿征衣，特特尋芳上翠微。
好山好水看不足，馬蹄催趁月明歸。

岳飛〈池州翠微亭〉

巍石山前寺，林泉勝復幽。
紫金諸佛相，白雪老僧頭。
潭水寒生月，松風夜帶秋。
我來囑龍語，為雨濟民憂。

岳飛〈題鄱陽龍居寺〉

二：兵書此中藏

這首〈池州翠微亭〉在《射雕英雄傳》出過兩次，都是全首引錄。第一次在第二十三回〈大鬧禁宮〉，靖蓉在靈隱山飛來峰半山的翠微亭，這亭的來歷書中也有解說。金庸說郭靖「原不辨詩好詩壞」，只因是韓世忠所書，又有「征衣」和「馬蹄」便叫好。

第二次在第二十回〈新盟舊約〉，黃藥師黃蓉父女在曲靈風故居的密室中得一幅山水，也有韓世忠手書的這首詩，黃蓉知道郭靖喜歡，便問父親要了，原來「武穆遺書」的秘密就在此中可尋。

原詩是岳飛在紹興五年所作，這一年的頭幾個月岳飛的一支軍駐扎在池州（在今安徽省），守將當然要好好勘察周圍山川地勢，就好像後來郭靖帶同楊過巡視襄陽城外圍一樣（見《神雕俠侶》第二十回〈襄陽鏖兵〉）。

詩中的「特特」大有文章，特字從牛，原意是公牛。但這裡的特特有兩解。

第一解認為前一特是「特地」，即專誠到來；後一特是獨自。特特尋芳便是一個人專誠到來尋芳。第二解是擬聲詞，特特是馬蹄聲。我自己比較喜歡第二解，因為覺得岳飛此行其實不是真的尋芳。

第三句說明岳飛對這好山好水還沒有看過飽。第四句趁月明回營，那正是來去匆匆的明證。

三：英雄詩、英雄讀、「英雄」聽

岳飛還有第二首詩被金庸在《射雕英雄傳》中全錄：

山腰間鐵掌幫的喊聲不歇，郭靖讓黃蓉枕在自己腿上，藉著松柴火光，朗聲誦讀岳飛的遺詩道：「題目是《題鄱陽龍居寺》：『巍石山前寺，林泉勝復幽。紫金諸佛相，白雪老僧頭。潭水寒生月，松風夜帶秋。我來囑龍語，為雨濟民憂。』」只聽得風動林木，山谷鳴響，黃蓉驟感寒意，偎在郭靖懷中。郭靖出神道：「岳武穆王念念不忘百姓疾苦，這才是真英雄大豪傑啊。」

黃蓉嗯了一聲，微笑道：「大英雄的詩，小英雄來讀，旁邊還有一位老英雄躺在地下聽著，那更是錦上添花。」問郭靖道：「另一本冊子裡寫著些甚麼？」郭靖拿起看了幾行，喜道：「這……這只怕便是岳武穆王親筆所書的兵法。完顏洪烈那奸賊作夢也想著的，就是這部書了。天幸沒叫那奸賊得了去。」只見第一頁上寫著十八個大字，曰：「重搜選，謹訓習，公賞罰，明號令，嚴紀律，同甘苦。」

《射鵰英雄傳》第二十八回〈鐵掌峰頂〉

這首〈題鄱陽龍居寺〉不比〈池州翠微亭〉淺，只因以「濟民憂」三字作結，就連郭靖這樣讀書不聰明的傻小子也能明白。

原詩作於紹興元年二月，巍石山在江西鄱陽縣，當時屬於饒州。明月的倒影在潭水中，令詩人有寒意。夜風吹著松葉，又帶來秋意之感。金庸依詩做境，配襯「風動林木，山谷鳴響，黃蓉驟感寒意」，所以說金庸引前人詩詞，總是精挑細選，不是隨便拈來充數。

詩人由龍居寺的寺名聯想到行雲施雨的龍神，語囑龍神及時施雨，濟民解憂。中國以農立國，所以必須風調雨順，然後才可以國泰民安。當時天下大亂，人民流離失所，地方經濟大受破壞，南宋的小皇廷不甚穩固，岳飛雖然是武將，但在戰亂之中，難免要兼理民政農事。

劉光世、張俊、韓世忠、岳飛號稱南宋中興四將，只有岳飛一人生活儉僕。金庸便借傻小子「射鵰小英雄」的笨口稱讚同樣是箭術高明的大英雄岳武穆王。

岳飛詩之二：贈張完與「翠光寺」（《射鵰英雄傳》第二十八回）

一：有題無詩

愛此倚欄杆，誰同寓目閑？
輕陰弄晴日，秀色隱空山。
島樹蕭颼外，征帆杳靄間。
予雖江上老，心羨白雲關。

岳飛〈翠光亭〉

秋風江上駐王師，暫向雲山躡翠微。
忠義必期清塞水，功名直欲鎮邊圻。
山林嘯聚何勞取，沙漠群凶定破機。
行復三關迎二聖，金酋席捲盡擒歸。

岳飛〈題翠巖寺〉

無心買酒謁青春，對鏡空嗟白髮新。
花下少年應笑我，垂垂羸馬訪高人。

岳飛〈過桃溪贈張完〉

二：光乎？巖乎？

岳飛傳世的詩有十多首，上面三首詩風格不同，在金庸小說中都沒有真正出現過，只有提及詩名：

黃蓉嘆道：「怪不得爹爹常說，只恨遲生了數十年，不能親眼見到這位大英雄。你再讀讀他的詩詞。」郭靖順次讀了幾首，〈滿江紅〉、〈小重山〉等詞黃蓉是熟知的，〈題翠光寺〉、〈贈張完〉等詩她卻從未見過。

《射雕英雄傳》第二十八回〈鐵掌峰頂〉

岳飛詩之中，並無翠光寺，卻有〈翠光亭〉。這翠光亭在池州，《射雕英雄傳》讀者都知的〈翠微亭〉寫在同一年（紹興五年）的春天。

欄杆是為給人倚而設，詩人尤其愛倚。岳爺爺文武雙全，不能免此，當然也要倚這翠光亭的欄杆。第二句的「閑」，只是忙裡偷閑，得來不易。日光為微陰的天氣戲弄，春日和暖，不比夏日之可畏，然後空山才可以顯出秀色。第五句「島」是指池州齊山湖中的小山，名為珠兒山。颼是風聲。

詩人時年三十有三，一點也不老。老其實是指師老無功，因此心情落寞，無可奈何。

岳飛另有一首〈題翠巖寺〉，作於紹興元年，兩首詩合起來，才拼得出「翠光寺」來，不知金庸其實想說那一首。最宜兩首並列，讓讀者自行選擇。若以《射鵰英雄傳》中的那一段描述，似乎〈題翠巖寺〉的氣勢比較積極進取，更為合用。

詩人這時領著政府軍（王師）屯在南昌贛江旁，暫向雲山，心存忠義，意欲鎮邊，大有枕戈待旦之意。這個時候詩人的任務是先平內亂，嘯聚指落草為寇的盜賊，不必怎樣勞心勞力，詩人的真正抱負是掃蕩來自沙漠的金人，迎還一昏一庸的徽欽二宗。

三關用周世宗柴榮的典，即瓦橋、益津、高陽三關。後晉石敬塘割讓燕雲十六州給契丹，對往後北方的邊防影響深遠。周世宗一舉下三關，可惜英年早逝，江山被宋太祖趙匡胤所取，宋初用兵先南後北，錯失時機，燕雲諸州要到數百年後明太祖朱元璋才得以收復。

三：入境訪高賢

〈過桃溪贈張完〉作於建炎四年，詩人年未足三十，但是數年征戰，已經華髮早生。青是青帝、又名東帝，春是春神，合為「青春」。春天是萬物生發的時候，五行屬木，方向為東，顏色尚青，所以青春又是年紀輕的近義詞。詩人的青春日見消失於軍旅生涯之中。詩人這時在今江蘇宜興縣（當時屬常州），其他部隊被金人擊潰，到處劫掠，詩人平定亂事之後，便去拜訪張完。

兩漢吏治為後世史家稱頌，其中一項重要的習慣就是地方官到任第一件事便先去拜訪當到德才最高的人物，好好的諮議顧問一番。這樣除了可以最快體察民情，還有尊重人才的意義在，官員主動求賢，勝過迫人毛遂自薦。

現代官員做政治秀，學了外國人的所謂親民，或抱抱小孩、或品嘗土特產、或換一件有當地特色的衣服，根本對於治道全無助益。

岳武穆王文武兼資，禮賢下士，大有古風。

活，你背著我！死，你背著我！（《射鵰英雄傳》第二十九）

一：《山坡羊》

城池俱壞，英雄安在？雲龍幾度相交代？想興衰，苦為懷。唐家才起隋家敗，世態有如雲變改。疾，也是天地差！遲，也是天地差！

張養浩《山坡羊．咸陽懷古》

天津橋上，憑欄遙望，舂陵王氣都凋喪。樹蒼蒼，水茫茫，雲台不見中興將，千古轉頭歸滅亡。功，也不久長！名，也不久長！

張養浩《山坡羊．洛陽懷古》

峰巒如聚，波濤如怒，山河表裡潼關路。望西都，意踟躕。傷心秦漢經行處，宮闕萬間都做了土。興，百姓苦！亡，百姓苦！

張養浩《山坡羊．潼關懷古》

青山相待，白雲相愛。夢不到紫羅袍共黃金帶。一茅齋，野花開，管甚誰家興廢誰成敗？陋巷簞瓢亦樂哉。貧，氣不改！達，志不改！

宋方壺《山坡羊．道情》

二：宋代才女唱元曲！

上面幾首散曲《山坡羊》是黃蓉與南帝段皇爺一燈大師座下、漁樵耕讀四弟子中樵夫大將軍對唱的曲子。原作者張養浩（一二七〇至一三二九）和宋方壺（名子正，生卒年不詳，活動於元順帝至正年間，與張無忌同時）都是元朝人，黃幫主與夫君愛兒一同身殉襄陽城之日，張養浩還只是個小孩子，宋方壺更在事後很久很久才出生。於是便有梁羽生「宋代才女唱元曲」之譏（見梁以筆名佟碩之發表的《金庸梁羽生合論》）。

段皇爺的漁樵耕讀四大弟子，只這位樵夫大將軍是個人物。可惜後來好像人間蒸發一般的，在《神鵰俠侶》全書中再也沒有出過場，這個可算是金庸的一大疏忽。但是蒸發有蒸發的好，給讀者留下最好的印象，模模糊糊、矇矇矓矓，不必像武三通和朱子柳那樣，越老越胡塗，越老越不長進。

元代之建立，先有蒙古鐵騎大肆蹂躪華北，迫使金室南渡，那是由成吉思汗的年代開始；然後有忽必烈滅宋，生靈塗炭、哀鴻遍野，因此元代散曲作品便多有流露出對俗世功名利祿轉眼間化為烏有的體會。金庸借張養浩的數曲《山坡羊》來給這位「神態虎虎」，但卻「意氣蕭索」的樵夫大將軍去唱，曲中情盡是對政治抱有消極態度。

古人認為風從虎、雲從龍，風雲變色就是指如龍似虎的大人物有所動作。政權交替、改朝換代，自然有興有衰，要打仗、要流血、要破壞，所以說「城池俱壞」。疾是快，遲是慢。中國文字意義深遠，疾和病其實有分別，急病是疾，慢性的才叫病。楊家敗亡、李家龍興，不管他是快是慢，總是天地為之變色。咸陽是秦都，在後代的長安附近，隋唐兩代以長安為都，張養浩來到咸陽懷古，便想到了隋唐間事。

洛陽是漢朝的東都，漢光武帝劉秀中興，因長安殘破，便以洛陽為首都，史稱東漢。舂陵地在南陽郡，是劉秀起事之地。後來輔助劉秀削平群雄的功臣有雲台二十八將，張養浩在洛陽懷古，便以光武中興的古事入文。年代湮遠，早經幾番興亡，當日的功名自不能長久。總之詩人早有既定的結論，到甚麼地方懷古都無分別。天津橋與今日河北省的港口無關，乃是隋煬帝楊廣在東都洛陽所建，取其「天漢津梁」的意思。

潼關是中國歷史上的軍事要塞，自山東西攻關中要經潼關，蒙古人自關中東出汴梁，也要經過潼關。不論興亡，都是先苦了百姓。至於逐鹿中原的群雄，不管成敗，總有一陣風光日子可過，只不過若是處置不當，便要殞身滅族而已。

黃蓉用了宋方壺的《山坡羊》來拍樵夫大將軍馬屁，讚他不論貧達，一般的總是志氣不改。「陋巷單瓢」是用「孔家店」的「掌門大弟子」、「復聖」顏回的典。《論語・雍也》：「子曰：『賢哉！回也。一簞食，一瓢飲，在陋巷。人不堪其憂，回也不改其樂。賢哉！回也。』」顏大師哥一生貧而不達，紫羅袍共黃金帶是真的不能夢見。

三・再唱《山坡羊》

這高帽子讓樵子大將軍戴得舒服，不須動武便過了關，又聽的另一曲《山坡羊》的尾聲：

兩人所唱的曲子，郭靖聽不懂一半，聽那樵子放自己上去，實不明是何原因，只怕他又起變卦，當下更不打話，背起黃蓉，雙手握著長藤，提氣而上。他雙臂交互攀援，爬得甚是迅捷，片刻之間，離地已有十餘丈，隱隱聽得那樵子又在唱曲，甚麼「……當時紛爭今何處？贏，都變作土！輸，都變作土！」

有尾無頭不好找，張養浩《山坡羊・驪山懷古》倒有幾分相似：

驪山四顧。阿房一炬。當時奢侈今何處。只見草蕭疏，水縈紆。至今遺恨迷煙樹，列國周齊秦漢楚。贏，都變做了土。輸，都變做了土。

可能金庸找不到合用的，反正只唱煞尾的幾句，改頭換面，對付著使用便是。杜牧《阿房宮賦》云：「六王畢，四海一，蜀山兀，阿房出。」又云：「楚人一炬，可憐焦土。」真的不論贏輸，最終還得是變做了土！

死活你都背著我又從何而來？

卻是小黃蓉隨口應景的綿綿情話：

黃蓉伏在他背上笑道：「靖哥哥，依他說，咱們也別來求醫啦。」郭靖愕然，問道：「怎麼？」黃蓉道：「反正人人都是要死的，治好了，都變作土！治不好，都變作土！」郭靖道：「呸，別聽他的。」黃蓉輕輕唱道：「活，你背著我！死，你背著我！」

「宋代才女唱元曲」有甚麼問題？

若是別的讀者、文學批評家不妨有這要求。

可是梁羽生自己也是武俠小說家，自己筆下的歷史時序更不依史實，如此「責人從嚴、律己從寬」，畢竟是以己之弱、攻敵之強，最後難免得不償失。

寒風西征之苦（《射鵰英雄傳》第三十七回）

一：兩首邊塞詩

君不見走馬川行雪海邊，平沙莽莽黃入天。
輪臺九月風夜吼，一川碎石大如斗，隨風滿地石亂走。
匈奴草黃馬正肥，金山西見煙塵飛，漢家大將西出師。
將軍金甲夜不脫，半夜軍行戈相撥。風頭如刀面如割。
馬毛帶雪汗氣蒸，五花連錢旋作冰，幕中草檄硯水凝。
虜騎聞之應膽懾，料知短兵不敢接，車師西門佇獻捷。

岑參〈走馬川行奉送出師西征〉

輪臺城頭夜吹角，輪臺城北旄頭落。羽書昨夜過渠黎，單于已在金山西。
戍樓西望煙塵黑，漢兵屯在輪臺北。上將擁旄西出征，平明吹笛大軍行。
四邊伐鼓雪海湧，三軍大呼陰山動。虜塞兵氣連雲屯，戰場白骨纏草根。

劍河風急雪片闊，沙口石凍馬蹄脫。亞相勤王甘苦辛，誓將報主靜邊塵。
古來青史誰不見，今見功名勝古人。

岑參〈輪臺歌奉送封大夫出師西征〉

二：不給靖蓉唸誦

金庸引這兩小段岑參詩，不是用來給書中人物吟詠唸誦，乃是以一個全知的說書人在場外解畫：

次日更冷，地下白雪都結成了堅冰。花剌子模軍乘寒來攻，郭靖早有防備，以龍飛陣大勝了一仗，連夜踐雪北追。

古人有詩詠寒風西征之苦云：「將軍金甲夜不脫。半夜軍行戈相撥，風頭如刀面如割。馬毛帶雪汗氣蒸，五花連錢旋作冰，幕中草檄硯水凝。」又云：「虜塞兵氣連雲屯，戰場白骨纏草根。劍河風急雲片闊，沙口石凍馬蹄脫。」郭靖久在漠北，向習寒凍，倒也不以為苦，但想黃蓉若是真在軍中，她生長江南，如何經受得起？不由得愁思倍增。翌晚宿營後他也不驚動將士，悄悄到各營察看，但查遍了每一座營帳，又那裏有黃蓉的影子？

《射雕英雄傳》第三十七回〈從天而降〉

前一段的六句共是兩組，每三句換韻腳為一組，句號的位置沒有放錯。金庸要引用岑參的邊塞詩，讀得書最多的黃蓉又隱身不在現場，這兩首詩自不是郭靖和丐幫一眾叫化所能知道，於是作者只好親自出臺介紹。下一個情節便是黃蓉暗中籌劃，用計把歐陽鋒封在冰柱之中。歐陽鋒於郭靖有殺師血仇，又兼對洪七公有怨報德的前車可鑑，傻小子實在沒有饒他三次的理由，不過金庸要多製造高潮，便無可奈可要把郭靖弄得更蠢笨，畢竟快快殺了歐陽鋒的話，以後就沒有大反派唱的戲。

三：又一冤死的名將

岑參兩首詩都是送給唐玄宗朝的名將封常清（？-七五五），這位封大夫曾任安西節度使，岑參一度隨他駐在輪臺（今天屬新疆省）。

前一首〈走馬川行〉除了頭兩句之外，以後三句一韻。「五花」是有五色花紋的五花馬。

「連錢」既是馬身的裝飾物，也是連錢驄的簡稱，那是一種毛色斑駁如錢相連的良馬。

後一首〈輪臺歌〉最後幾句是歌功頌德的言詞，可惜封常清不得善終。安史之亂初起，封常清因為輕敵兼無精兵可用，接連打了幾個敗仗。後來雖與另一名將高仙芝合力保住了潼關，結果還是被唐玄宗下令處斬。後來奸相楊國忠強迫哥舒翰出潼關與安祿山決戰，結果一戰而全局瓦解，以後便是玄宗出奔，楊妃賜死。潼關在金庸小說中的地位，在於《射鵰英雄傳》中成吉思汗妙攻潼關之計，與及《神鵰俠侶》中郭靖最喜歡杜甫的那一首《潼關吏》。

第四章 《神鵰》詩詞巡禮

風月無情便識愁（《神鵰俠侶》第一回）

一：改作江南岸

少年不知愁滋味，愛上重樓，愛上重樓，為賦新詞強說愁。
而今識盡愁滋味，欲說還休，欲說還休，卻道天涼好個秋！

辛棄疾〈醜奴兒〉

許多位老師都說病中最宜讀宋詞，以我的體魄橫看豎看都不會有人說是壯健之人，但不知是否真的命中註定一生無災，那所謂「小病是福」的福是從未「享受」過。既是連數天臥病在床也未試過，病中讀宋詞也自然是從未有過的經歷。由是對宋詞的興趣便小，少年時主要是零零碎碎的讀一點唐人七絕，於公元二千年忽然重拾對宋詞的興趣，恐怕真是為了人到中年而心中多了一點病態。愁滋味真是欲說還休。

《神鵰俠侶》以歐陽修的兩首〈蝶戀花〉作引子，第一首是：

越女採蓮秋水畔，窄袖輕羅，暗露雙金釧。照影摘花花似面，芳心只共絲爭亂。
雞尺溪頭風浪晚，霧重煙輕，不見來時伴。隱隱歌聲歸棹遠，離愁引著江南岸。

越女是指春秋時越國的美女，最美的當然是西施，郭靖的七師父韓小瑩外號「越女劍」，金庸又有一短篇小說名《越女劍》。《莊子．秋水》：「秋水時至，百川灌河。」李秋水是逍遙派三巨頭之一，鄧百川卻是慕容家青雲莊莊主。金釧卻教人想起《紅樓夢》裡面賈家投井自殺的丫頭。

詞意倒也清楚明白，越女採蓮摘花，睹物思人，芳心便紊亂如絲。同伴為風浪煙霧所阻，同去而各歸，只聽聞隱約歌聲，唯有帶著離愁別緒登岸。

然而這樣的短暫離愁實在稀鬆平常之至，既聞歌聲，則思念的遊伴定必安然無恙，不必牽腸掛肚。所以這首〈蝶戀花〉無非是「為賦新詞強說愁」。

向來不知這雞尺溪頭究是甚麼東西，查證之後，才知這首詞金庸也曾動過手術，另一個版本是：

越女採蓮秋水畔，窄袖輕羅，暗露雙金釧。照影摘花花似面，芳心只共絲爭亂。
鸂鶒灘頭風浪晚，霧重煙輕，不見來時伴。隱隱歌聲歸棹遠，離愁引著江兩岸。

瀏鵝似鴛鴦而略大，因毛色多紫，故又名紫鴛鴦。這瀏鵝灘在洛陽，不合移作案發現場的嘉興南湖，便大筆一揮將「瀏鵝灘」改為「雞尺溪」，「江兩岸」改為「江南岸」。原先好好的一對紫鴛鴦於風浪煙霧中失散，分隔兩岸，難怪要愁。

二：風月無情、舊遊如夢

第二首〈蝶戀花〉只引了最後兩句：

……一陣風吹來，隱隱送來兩句：「風月無情人暗換，舊遊如夢空腸斷……」歌聲甫歇，便是一陣格格嬌笑。那道姑一聲長嘆，提起左手，瞧著染滿了鮮血的手掌，喃喃自語：「那又有甚麼好笑？小妮子只是瞎唱，渾不解詞中相思之苦、惆悵之意。」

在那道姑身後十餘丈處，一個青袍長鬚的老者也是一直悄立不動，只有當「風月無情人暗換，舊遊如夢空腸斷」那兩句傳到之時，發出一聲極輕極輕的嘆息。」

道姑是赤練仙子李莫愁，老者是東邪黃藥師。一眾泛舟湖上的小妮子不知愁滋味，既無相思之苦、惆悵之意，唱完之後當然還可以有心情格格嬌笑了。故此宋詞當真宜在病中讀，有病呻吟，方可以多一點愁思。

全詞是：

畫閣歸來春又晚，燕子雙飛，柳軟桃花淺，細雨滿天風滿院，愁眉斂盡無人見。
獨倚闌干心緒亂，芳草芊綿，尚憶江南岸，風月無情人暗換，舊遊如夢空腸斷。

南唐後主詞有「獨自莫憑欄，無限江山，別時容易見時難」之句。真的，別時容易見時難！

那相思之苦、惆悵之意，不就在於「見時難」嗎？

然而道姑與老者所識的愁滋味又大不相同，所以李莫愁是「一聲長嘆」，顯示心中仍有憤憤不平之意；黃藥師卻只「一聲極輕極輕的嘆息」，充滿無奈，真是「欲說還休」，當中有沒有一絲一毫的慚愧懊惱在呢？不單止難見，根本就是不能再見！這才是真正的愁。

風月泛指清風明月，暗喻男女間的情愛，風月當然無情，有情的只是風中月下的癡人。「人非草木，誰屬無情？」蘇軾《前赤壁賦》云：

……惟江上之清風，與山間之明月，耳得之而為聲，目遇之而成色；取之無禁，用之不竭。

有情人心中既有所思念，風聲入耳、月色在目，都化成那個惹愁的根源。李莫愁的愁是「人暗換」。「愛人結婚了，新娘不是我」，把心一橫去大鬧禮堂，但是她又不能一如趙敏濠州攪局一舉成功，徒然丟盡了臉面。陸展元對她並無山盟海誓，發乎情，止乎禮，兩無拖欠，李莫愁未免出師無名。

黃藥師的愁是利慾熏心，為了巧取豪奪那天下第一的名頭，害死了自己一生最愛的妻子，咎由自取，與人無尤，怪得了誰？只有一時怪罪於周伯通炫耀《九陰真經》，但是這樣的遁詞連自己也騙不過。「奇謀妙計夢一場」，原本好好的燕子雙飛，結果去如春夢，腸斷，腸斷。那一聲嘆息能不極輕極輕？

無話可說！只好欲說還休。二十多年之後初遇小外孫女郭襄，勾起那一份教人欲說還休的愁，只能說聲：「真像，真像！」那是顧左右而言他的「卻道天涼好個秋」了！

問世間情是何物（《神鵰俠侶》第一回）

一：「金詞」第一

問世間，情是何物，直教生死相許。天南地北雙飛客，老翅幾回寒暑。歡樂趣，離別苦，就中更有癡兒女。君應有語，渺萬里層雲，千山暮雪，隻影為誰去。

若問三十六冊之金庸小說之中，最為讀者熟悉的詩詞佳句，非此「問世間情是何物」莫屬。這半首詞，是書中反面人物赤練仙子李莫愁的首本名曲，她初出場時要唱，臨死時也要當作絕命詞來再唱一次。

原詞出自金代詩人元好問（一一九〇至一二五七）的《摸魚兒》：

乙丑歲，赴試并州，道逢捕雁者云：「今旦獲一雁，殺之矣。其脫網者悲鳴不能去，竟自投於地而死。」予因買得之，葬之汾水之上，累石為識，號曰雁丘。時同行者多為賦詩，予亦有《雁丘詞》，舊所作無宮商，今改定之。

恨人間，情是何物，直教生死相許。天南地北雙飛客，老翅幾回寒暑。歡樂趣，離別苦，是中更有癡兒女。君應有語，渺萬里層雲，千山暮景，隻影為誰去。

橫汾路，寂寞當年簫鼓，荒煙依舊平楚。招魂楚些何嗟及，山鬼自啼風雨。天也妒，未信與，鶯兒燕子俱黃土。千秋萬古，為留待騷人，狂歌痛飲，來訪雁丘處。

二：失偶不再配

乙丑歲是金章宗泰和五年（1205），即宋寧宗開禧元年，此時郭靖虛齡六歲，與母親在漠北相依為命，江南七怪還未找到他母子。

這一隻殉情孤雁甚有靈性，俗云：「夫妻本是同林鳥，大難臨頭各自飛。」這一對雁的深情，遠勝於人，於是便有元好問修墓立傳之事。《神鵰俠侶》中雌鵰撞在山石上自殺殉情的一節（第三十八回〈生死茫茫〉），也有可能受到這《雁丘詞》的影響。

《本草綱目》說雁有四德：「寒則自北而南，止於衡陽，熱則自南而北，歸於雁門，其信也；飛則有序而尊鳴後和，其禮也；失偶不再配，其節也；夜則群宿而一奴巡警，晝則銜蘆以避繾綣，其智也。」

少年人為愛殉情實在不智，若是恩愛夫妻而能白頭到老的話，死時最好一起無疾而終，實是一大完滿幸福之事，那就不必殉情了。

問題卻是人家一者根本不曾愛過你，二者又無山盟海誓，你又憑甚麼殉情？李莫愁勉勉強強的算是「失偶不再配」，但是遷怒不相干的旁人，一切倒行逆施都沒有完全基礎可言，真是有負這首《雁丘詞》了。

李莫愁在書中所唱的版本與原詞有三處差異，頗為有趣。

「恨人間」的語氣十分堅定，對「情」有深刻的怨懟之意、憤慨之情，嫌其未夠蘊藉。「問世間」的詞意則對「情」顯得很是無奈與迷惘，更有含蓄之美。雖說是問，其實心中亦早有答案！既生死相許，聚而歡，別則苦，最願老去仍雙飛，只可惜一番癡情無著處，最終落得個形單影隻。

「是中」與「就中」同義，但後者比較切合當代人常用語。

「千山暮雪」比「千山暮景」多了一點孤寒之意，去襯托下句「隻影」的淒冷。「暮景」究是甚麼樣的景？沒有明言。「暮雪」的意象就變得更為豐富。至於詞的下半因不合李莫愁的思緒情懷，所以沒有用上。

情是何物？

如李莫愁這般得不到真正愛情的癡人故然要問，甚至楊過與小龍女兩情相悅，矢誓不渝，仍是要問：

楊過低聲吟道：「問世間，情是何物？」頓了一頓，道：「沒多久之前，武氏兄弟為了郭姑娘要死要活，可是一轉眼間，兩人便移情別向。有的人一生一世只鍾情於一人，但似公孫止、裘千尺這般，卻難說得很了。唉，問世間，情是何物？這一句話也真該問。」小龍女低頭沉思，默默無言。

《神鵰俠侶》第三十二回〈情是何物〉

楊過平素到處留情，最終情歸龍兒，其實背後就是一個信字，信守對小龍女的承諾，一生只愛小龍女一人。

楊過對感情的守信從何而來？

就是當年在桃花島聽郭伯母講尾生寧死不失信的故事。過兒受惠於郭伯伯的身教，人盡皆知。至於深受郭伯母言教的影響，就每每為讀者忽略。雖說身教重於言教，但只是主從之別，不可因而忽視了郭伯母對過兒教導之功。

三杯張草聖（《神鵰俠侶》第十二回）

一：八仙歌

知章騎馬似乘船，眼花落井水底眠。
汝陽三斗始朝天，道逢麴車口流涎，恨不移封向酒泉。
左相日興費萬錢，飲如長鯨吸百川，銜杯樂聖稱避賢。
宗之瀟灑美少年，舉觴白眼望青天，皎如玉樹臨風前。
蘇晉長齋繡佛前，醉中往往愛逃禪。
李白一斗詩百篇，長安市上酒家眠。天子呼來不上船，自稱臣是酒中仙。
張旭三杯草聖傳，脫帽露頂王公前，揮毫落紙如雲煙。
焦遂五斗方卓然，高談雄辯驚四筵。

杜甫〈飲中八仙歌〉

二：兩次出現

杜甫這一首〈飲中八仙歌〉體裁特別，八仙都是唐玄宗時的人，與大詩人杜甫同時，所以杜甫便把八人放在一起做詩。每仙用兩至四句不等。在《金庸小說集》中出過兩次，每次都只是張旭的三句。

第一次是《神鵰俠侶》中朱子柳好整以暇用書法功夫對付霍都，被暗算前引錄過。當時黃蓉從朱子柳的功夫中看得出其來歷，便用彈指神通送上三杯酒助威，可惜朱子柳聰明一世、蠢鈍一時，竟然給烤熟的鴨子飛走，吃了大虧。朱子柳武功既比霍都高，在英雄大會這樣重要的「賽事」，應該用盡全力把對不打敗，不宜賣弄自己的文才。

第二次是《笑傲江湖》中，禿筆翁與令狐沖比試時吟過。禿筆翁的托大，則有任我行不留情面的譏笑。

三：此八仙不同彼八仙

飲中八仙，與民間傳說中膾炙人口的八仙不同。

第一仙是賀知章，他的草書也了得，但是詩中沒有講他醉中寫字，所以金庸不引詠他的兩句。北人善騎馬，南人善乘舟，騎馬而似乘船，那是醉得不可能寫字了。賀知章醉後跌落水中而得以不死，應該要多謝一眾酒友。

第二仙是汝陽王，這個汝陽王當然不是張無忌的岳父、趙敏的父親察罕特穆爾，而是唐明皇的姪兒李璡。他的父親李憲把帝位讓給弟弟，大概是看得出自己的才能不足以擔當大任。酒泉是河西走廊第一郡，汝陽則在河南中州。這個汝陽王要喝了三斗酒才去朝見天子。

第三仙是左丞相李適之。日費萬錢以吸百川，果然是大酒鬼。

第四仙是崔宗之，美少年當然是臨風玉樹。白眼則是黃藥師最佩服的阮籍那拿手好戲。

第五仙蘇晉，持齋而飲酒，那近似是少林寺山門前與結拜兄弟狂飲的虛竹。最後虛竹當然要逃禪還俗。

第六仙是李白，這四句以後兩句最為人熟知。既為酒中仙，便可以不奉聖旨了。

第七仙是這裡的主角草聖張旭，此人酒量太也稀鬆平常。不過三杯便酒酣耳熱，而至於要脫下帽子。有了酒意揮毫寫字才更有味道，所以朱子柳和禿筆翁都要學他。

第八仙是焦遂，這人最奇怪，喝了五斗才可以卓然高論。倒似是虛竹與段譽喝得大醉才有膽結拜差不多。

既見君子，云胡不喜？（《神鵰俠侶》第十五回）

一：雞鳴不已！

風雨淒淒，雞鳴喈喈。既見君子，云胡不夷？
風雨瀟瀟，雞鳴膠膠。既見君子，云胡不瘳？
風雨如晦，雞鳴不已。既見君子，云胡不喜？

《詩・鄭風・風雨》

二：雞鳴君子，非狗屁君子

金庸用這首詩，只挑了最後兩句：

他要吃粽子，卻是另有用意，快吃完時乘那少女不覺，在手掌心裏暗藏一塊，待她收拾碗筷出去，忙取過一條她做衫時留下的布線，一端黏了塊粽子，擲出去黏住她撕破的碎紙，提回來一看，不由得一怔。原來紙上寫的是「既見君子，云胡不喜」八個字。那是「詩經」中的兩句，當年黃蓉曾教他讀過，解說這兩句的意思是：「既然見到了這男子，怎麼我還會不快活？」楊過又擲出布線黏回一張，見紙上寫的仍是這八個字，只是頭上那個「既」字卻已給撕去了一半。楊過心中怦怦亂跳，接連擲線收線，黏回來十多張碎紙片，但見紙上顛來倒去寫的就只這八個字。細想其中深意，不由得癡了。

忽聽腳步聲響，那少女回進室來。楊過忙將碎紙片在被窩中藏過。那少女將餘下的碎紙搓成一團，拿到室外點火燒化了。

楊過心想：「她寫『既見君子』，這君子難道說的是我麼？我和她話都沒說過幾句，她瞧見我有甚麼可歡喜的呢？再說，我這麼亂七八糟，又是甚麼狗屁君子了。若說不是我，這裡又沒旁人。」

《神鵰俠侶》第十五回〈東邪門人〉

這首《風雨》是寫女子在風雨之夜孤獨無聊，思念心中牽掛的「君子」，以原詩意境來說並不是真的見到君子，只是想得太厲害，那個君子，卻沒有在外面冒著風雨而來，沒有成為「落湯雞」！跟程英得與意中人同處一室大不相同。

晦，天色昏暗。

喈喈和膠膠都是擬聲詞。

夷也是喜悅；瘳，則是病癒之後的喜悅。

因風雨中聽到雞鳴而想起君子，重點當在雞鳴而不在風雨。這雞又有何德何能，可與君子比擬？

雞鴨鵝合稱三鳥，以雞居首，需知鴨是甲鳥；鵝是我鳥；所以雞的來頭著實不小！

十二生肖，只有雞是禽鳥；牛羊馬雞犬豕，是為六畜，也是由雞來代表家銅禽。

雞何德何能？

毛澤東詞有云：「雄雞一唱天下白。」意境甚是高超。

三：德禽

原來雞向來有德禽之稱，典出《韓詩外傳》：「雞有五德：頭戴冠者，文也；足搏距者，武也；敵在前，敢鬥者，勇也；見食相呼者，仁也；守夜不失者，信也。」

雄雞天生有冠，古代文人也是頭戴冠，因此雞有文德。
雞的足趾似是武器，因此雞有武德。
敵在前敢鬥，卻是讀書人強加諸雞的，因此雞還有勇德。
雞進食是總是咯咯的啼，便在讀書人的浪漫情懷之下，變成了仁德。
天亮是啼鳴是人編排給雄雞的天職，便成了信德。
程英為何見了楊過便歡喜呢？因為在她的心目中楊過是有德君子。
楊過英俊瀟洒，深得乃父真傳，所以程英見他故意穿得破爛，便說：

「以你這等人品，怎麼故意穿得這般襤褸？」

《神鵰俠侶》第十五回〈東邪門人〉

然後為楊過做新衣，還讚他「捨命救人」，那是武德、勇德、仁德都兼備。
夢中不斷叫「姑姑」，想必是信德了。

瞻彼淇奧，有匪君子（《神鵰俠侶》第十五回）

一．《衛風．淇奧》

瞻彼淇奧，綠竹猗猗。有匪君子，如切如磋，如琢如磨。瑟兮僩兮，赫兮咺兮。有匪君子，終不可諼兮。

瞻彼淇奧，綠竹青青。有匪君子，充耳琇瑩。會弁如星。瑟兮僩兮，赫兮咺兮。有匪君子，終不可諼兮。

瞻彼淇奧，綠竹如簀。有匪君子，如金如錫，如圭如璧。寬兮綽兮，猗重較兮。善戲謔兮，不為虐兮。

《詩．衛風．淇奧》

二．君子、還是君子

《神鵰俠侶》書中一眾愛慕楊過的女孩子之中，以程英讀書最多，所以便常憑詩寄意，君子之後，還是君子，楊過只好繼續奉陪，洽巧又讀過這詩、聽過這曲：

過了半晌，只聽室外簫聲幽咽，從窗中送了進來。楊過曾見她用玉簫與李莫愁動手，武功甚是不弱，不意這管簫吹將起來卻也這麼好聽。他在古墓之中，有時小龍女撫琴，他便伴在一旁，聽她述說曲意，也算得粗解音律。這時辨出簫中吹的是「無射商」調子，卻是一曲「淇奧」，這首琴曲溫雅平和，楊過聽過幾遍，也並不喜愛。但聽她吹的翻來覆去總是頭上五句：「瞻彼淇奧，綠竹猗猗，有匪君子，如切如磋，如琢如磨。」或高或低，忽徐忽疾，始終是這五句的變化，卻頗具纏綿之意。楊過知道這五句也出自「詩經」，是讚美一個男子像切蹉過的象牙那麼雅致，像琢磨過的美玉那麼和潤。

楊過聽了良久，不禁低聲吟和：「瞻彼淇奧，綠竹猗猗……」只吟得兩句，突然簫聲斷絕。楊過一怔，暗悔唐突：「她吹簫是自舒其意，我出聲低吟，顯得明白了她的心思，那可太也無禮了。」

《神鵰俠侶》第十五回〈東邪門人〉

次日，楊過再請程英吹簫，女孩子臉皮薄，被意中人識破了，只好：

那少女微一沉吟，道：「好的。」出室去取了玉簫，坐在楊過床前，幽幽吹了起來。這次吹的是一曲「迎仙客」，乃賓主酬答之樂，曲調也如是雍容揖讓，肅接大賓。楊過心想：

「原來你在簫聲之中也帶了面具，不肯透露心曲。」

《神鵰俠侶》第十五回〈東邪門人〉

楊過忒也多事，心中既有所屬，又何必一定要一個沒有希望傾慕者「透露心曲」？

三．善戲謔兮，不為虐兮

這首《淇奧》不是情詩，卻是讚美衛武公「終生學習」。淇奧是淇水之奧，淇水在今河南省淇縣注入衛河，奧是指岸邊水流彎曲之處。詩人在淇澳見到青綠的竹林，便以綠竹比喻那「有匪君子」，這個匪與胡斐的斐通，正如秦耐之所言，是「斐然成章」之斐。

切從刀，是切割牛骨；磋從石，是用石製器具來加工象牙；琢從玉，是雕琢玉器；磨從石，是打磨骨角。

琇瑩都從玉，君子用玉器作耳飾；也放在帽子（弁）上。《千字文》有云：「弁轉疑星」，也是用這個典。

瑟是莊重，僩是樣子威嚴，連同寬與綽，全都不是楊過的氣質。

咺與烜通，一個從火，一個從口。赫兮咺兮，就如同李白的《俠客行》云：「千秋二壯士，烜赫大梁城。」

猗通倚，較從車，是指車子上的木板。古代有身份的人才可以坐車，那是說衛武公，不是說楊過。

倒是「善戲謔兮，不為虐兮」才是楊過的寫照。

謔而不虐，喜歡拿人來開玩笑，但卻幽默而不過甚，無傷大雅。

那日在酒樓合力對付李莫愁，穩重的是耶律齊，戲謔的是楊過：

眾人各出全力，自酒樓鬥到街心，又自大街鬥到荒郊。楊過不住叫嚷：「親親媳婦兒，親親好妹子，走得越快越好。耶律師妹、青衫姑娘，你們快走罷，咱兩個男子漢死不了。」耶律齊卻一言不發，他年紀只比楊過稍大幾歲，但容色威嚴，沉毅厚重，全然不同於楊過的輕捷剽悍、浮躁跳脫。二人斷後擋敵，耶律齊硬碰硬的擋接敵人毒招，楊過卻縱前躍後，擾亂對方心神。

《神鵰俠侶》第十回〈少年英俠〉

然而程英的芳心已被俊美楊生俘虜了，難免有溢美之詞。

善戲謔兮，不為虐兮。

桃之夭夭，灼灼其華（《神鵰俠侶》第十五回）

一：之子于歸，宜室宜家

桃之夭夭，灼灼其華。之子于歸，宜其室家。
桃之夭夭，有蕡其實。之子于歸，宜其家室。
桃之夭夭，其葉蓁蓁。之子于歸，宜其家人。

《詩．周南．桃夭》

二：臨死前的待嫁心

這首《桃夭》是為女子出嫁而寫，詩人善頌善禱，祝賀她嫁後開枝散葉，並與夫家家人相處融洽。

夭夭是茂盛貌，即是《倚天屠龍記》第三十六回〈夭矯三松鬱青蒼〉的那個夭。

華即是花，古代未有花字，灼灼其華，桃花開得鮮明燦爛。蕡是大而且多。蓁蓁，繁茂之象。

即是說第一章是「桃花仙」，第二章是「桃實仙」，第三章卻回過頭來是「桃葉仙」了。開花、結實、然後再更茁壯。

之子于歸即是女子出嫁，當中的子是女子而不是男子。

宜其室家、家室、家人，即是與夫家上上下下都和睦相處。

卻說楊過為救黃蓉母女而身受重傷，幸得程英相救，與陸無雙三人在一起，差點死在李莫愁的毒手之下，大難臨頭之際，程英便彈奏這首《桃夭》，暗示願以身相許：

楊過身上有傷，無法起身相抗，只有躺著不動。程英料知與李莫愁動手也是徒然送命，當下把心一橫，生死置之度外，調弦轉律，彈起一曲「桃夭」來。這一曲華美燦爛，喜氣盎然。她心中暗思：「我一生孤苦，今日得在楊大哥身邊而死，卻也不枉了。」目光斜向楊過瞧去。楊過對她微微一笑，程英心中愉樂甜美，暗唱：「桃之夭夭，灼灼其華……」琴聲更是洋洋洒洒，樂音中春風和暢，花氣馨芳。

……

楊過又從懷中取出兩片半邊錦帕，鋪在床頭几上，道：「這帕子請你一並取去罷！」李莫愁臉色大變，拂塵一揮，將兩塊帕子捲了過去，怔怔的拿在手中，一時間思潮起伏，心神不定。程英和陸無雙互視不眼，都是臉上暈紅，料不到對方竟將帕子給了楊過，而他卻當面取了出來。

這幾下你望我、我望你，心事脈脈，眼波盈盈，茅屋中本來一團肅殺之氣，霎時間盡化為濃情密意。程英琴中那「桃夭」之曲更是彈得纏綿歡悅。

《神鵰俠侶》第十五回〈東邪門人〉

兩塊帕子是當日李莫愁送給陸展元的定情信物，後來陸展元有了更好的選擇，便移情別戀。程英憑曲寄意，那是幻想著出嫁的心情，這曲《桃夭》楊過卻是不識，然後就是程英一生中最快樂的時光：

楊過笑道：「我三人今日同時而死，快快活活，遠勝於你孤苦寂寞的活在世間。英妹、雙妹，你們過來。」程英和陸無雙走到他床邊。楊過左手挽住程英，右手挽住陸無雙，笑道：「咱三個死在一起，在黃泉路上說說笑笑，卻不強勝於這惡毒女子十倍？」陸無雙笑道：「是啊，好傻蛋，你說的一點兒不錯。」程英溫柔一笑。表姊妹二人給楊過握住了手，都是心神俱醉。楊過卻想：「唉，可惜不是姑姑在身旁陪著我。」但他強顏歡笑，雙手輕輕將二女拉近，靠在自己身上。

倘如真的這樣便死去，或可快快活活、說說笑笑，結果……

這時楊過的心中，卻是想著另一個女子。

現學活用，楊過以詩入劍（《神鵰俠侶》第二十回）

一：四言十八首贈兄秀才入軍

良馬既閑，麗服有暉。左攬繁弱，右接忘歸。
風馳電逝，躡景追飛。凌厲中原，顧眄生姿。

嵇康〈贈兄秀才入軍〉之九

息徒蘭圃，秣馬華山。流磻平皋，垂綸長川。
目送歸鴻，手揮五絃。俯仰自得，游心太玄。
嘉彼釣叟，得魚忘筌。郢人逝矣，誰與盡言？

嵇康〈贈兄秀才入軍〉之十四

二：以詩入劍

在新修版《神鵰俠侶》第二十回中，金庸差不多將這兩首四言詩完全抄錄，只棄用「郢人逝矣」兩句，用來臨時給楊過加新招式。當時裘千尺幫助楊過、小龍女二人對付公孫止，卻不理小龍女的死活，害得楊過的「姑姑媳婦兒」受傷「掛綵」，楊過賭氣不讓裘千尺幫忙，以嵇康的兩首四言詩化成新招式對付。

「良馬既閒」等四句，金庸說是「揮舞得瀟洒有致」。然後：

詩句是四字一句，劍招也是四招一組，吟到「風馳電逝，躡景追飛」時劍去奇速，於「凌厲中原，顧盼生姿」這句上卻是迅猛之餘，繼以飄逸。公孫止從沒見過這路劍法，聽他吟得好聽，攻勢登緩，凝神捉摸他詩中之意，心知他劍招與詩意相合，只要領會了詩義，便能破其劍法。

聽他又吟道：「息徒蘭圃，秣馬華山。流磻平皐，垂綸長川。目送歸鴻，手揮五絃。」這幾句詩吟來淡然自得，劍法卻是大開大闔，峻潔雄秀，尤其最後兩句劍招極盡飄忽，似東卻西，綢上擊下，一招兩劍，難以分其虛實。

楊過只唸了「一組半」，接下來金輪國師（即修訂二版的金輪法王）搶先說出「俯仰自得」等四句兩個「半組」，卻砍去「郢人逝矣，誰與盡言？」就這樣結束了以嵇康詩入劍的情節。

楊過向小龍女解釋，以詩入劍是效法朱子柳在「英雄大會」上以書法化為武功之役，結果沒有像朱子柳那樣功虧一簣。

三：詩贈凡鳥

嵇康為竹林七賢之一，與《笑傲江湖》中的〈廣陵散〉大有關係，他的兄長嵇喜，就是大名鼎鼎的「凡鳥」。黃藥師的「偶像」阮籍有一回過訪嵇康不遇，只見嵇喜，一言不發，寫了個「鳳」字便離去。待嵇康回家，嵇喜歡天喜地地告訴弟弟，阮籍留下「鳳」字給自己。豈料嵇康指出，人家笑你是「凡鳥」！

這一組四言詩共十八首，大約是魏廢帝齊王曹芳正始年間所作。嵇康無意仕途，在這組詩中頗有流露。秀才「鳳鳥」嵇喜有四首詩答和，其中三首五言、一首四言，最後兩句為：「結心皓素，終始不虧。」算是回應弟弟的贈詩。

想必是金庸突然想起要用這兩首詩，於是硬讓楊過躺著養傷時，身邊剛巧有一部詩集。第九首中，「閒」是嫻熟，「繁弱」是弓名，「忘歸」是箭名，楊過讀得通這首詩，真叫人萬分佩服。「景」通影，作影字用。

第十四首中，「徒」是徒眾，指軍隊中的軍人。「秣馬」是餵馬，「平皋」是近水而平坦的高地，「垂綸」是釣魚。「太玄」指天，不是俠客島上的《太玄經》。「得魚忘筌」用《莊子》的典，不贅論。

蠟炬成灰淚始乾！（《神鵰俠侶》第二十八回）

一：《無題詩》

相見時難別亦難，東風無力百花殘。春蠶到死絲方盡，蠟炬成灰淚始乾。
曉鏡但愁雲鬢改，夜吟應覺月光寒。蓬萊此去無多路，青鳥殷勤為探看。

李商隱《無題詩》

二：人死如燈滅

少時候聽長輩說「人死如燈滅」，那是用來形容老年人敵不過「那誰也躲不了的瘟疫」（周伯通語，見《射鵰英雄傳》第十六回〈九陰真經〉），油盡燈枯。

卻說小龍女被全真五子和蒙古眾武士前後夾擊，身受重傷，命懸一線，楊過便帶同這位新婚妻子回到古墓，心情悲苦，便用了蠟燭熄滅作比興：

楊過怔怔的望著她臉，心中思潮起伏，過了一會，一枝蠟燭爆了一點火花，點到盡頭，竟自熄了。他忽然想起在桃花島小齋中見到的一副對聯：「春蠶到死絲方盡，燭炬成灰淚始乾。」那是兩句唐詩，黃藥師思念亡妻，寫了掛在她平時刺繡讀書之處。楊過當時看了漫不在意，此刻身歷是境。細細咀嚼此中情味，當真心為之碎，突然眼前一黑，另外一枝蠟燭也自熄滅。心想：「這兩枝蠟燭便像是我和龍兒，一枝點到了盡頭，另一枝跟著也就滅了。」

《神鵰俠侶》第二十八回〈洞房花燭〉

黃藥師也真奇怪，竟然拈出李商隱這首《無題詩》來，寫了這副佳聯來補壁，總而言之，楊過讀書不多，金庸總得要想個辦法讓他見過。

春蠶吐絲實在與死無關，只是生命歷程必經階段。蠶蛾由卵孵成幼蟲，吐絲成繭，再破而出化為成蟲，動物學上稱為完全變態（holometabolous）。昆蟲一生在截然不同環境生活，在不同階段外部形態特徵有很大的差異，依靠不同的食物來源，這在昆蟲有重大意義，可以增強在大自然的適應能力。

詩人發揮無比的想像力，見春蠶吐絲，看起來似是很吃力，吐盡了絲，自縛成繭，便好似死去一樣。原來一條蠶蟲吐的絲長近一公里，當然不會這樣便死，最後破繭而出，反似死而復生。

「燭淚」是燃燒蠟燭時的特有景況，固體的蠟受熱融化，沿著柱狀的蠟燭流下來，如淚珠一般，遇冷又凝固成一條條的燭淚。燭炬熄滅更不再生熱，燭淚便盡數皆乾。金庸要用蠟淚來描寫楊過的心情，李商隱這兩句詩自然是首選。

三：東邪無力

原詩是一首情詩，寫愛侶因環境所迫而要分離，所以開首第一句便是「相見時難別亦難」。別，故然內心痛苦；見，卻又終無了局。所以別亦離、見亦離。詩人無力護花，只能夠別後單相思。經年累月的苦苦想念，徒添淒清，大白天獨自照鏡，見到雲鬢由黑變白，晚上隻影對月，夜涼如水，又倍覺淒清自然更感月魄之寒。青鳥是有三足的神鳥，是傳說中西王母的使者。人間既不能相見，唯望在　萊仙山可以再見，但是　萊無路，只有靠青鳥傳信。

黃藥師枉稱藥師，竟然有臉掛出這兩句詩來！蓉兒她媽是怎麼死？還不是黃老邪為了虛名，害死了愛妻？反而怪責起可憐的老頑童來：

周伯通道：「找不到黑風雙煞，當然得去找黃老邪。我把上卷九陰真經帶在身邊，以防經一離身，又給人偷盜了去，到了桃花島上，責問於他。黃老邪道：『伯通，黃藥師素來說一是一。我說過決不向你的經書瞟上一眼，我幾時瞧過了？我看過的九陰真經，是內人筆錄的，可不是你的經書。』我聽他強辭奪理，自然大發脾氣，三言兩語，跟他說僵了，要找他夫人評理。他臉現苦笑，帶我到後堂去，我一瞧之下，吃了一驚，原來黃夫人已經逝世，後堂供著她的靈位。

「我正想在靈位前行禮，黃老邪冷笑道：『老頑童，你也不必假惺惺了，若不是你炫誇甚麼狗屁真經，內人也不會離我而去。』我道：『甚麼？』他不答話，滿臉怒容的望著我，忽然眼中流下淚來，過了半晌，才說起他夫人的死因。

「原來黃夫人為了幫著丈夫，記下了經文。黃藥師以那真經只有下卷，習之有害，要設法得到上卷後才自行修習，哪知卻被陳玄風與梅超風偷了去。黃夫人為了安慰丈夫，再想把經文默寫出來。她對經文的含義本來毫不明白，當日一時硬記，默了下來，到那時卻已事隔數年，怎麼還記得起？那時她懷孕已有八月，苦苦思索了幾天幾晚，寫下了七八千字，卻都是前後不能連貫，心智耗竭，忽爾流產，生下了一個女嬰，她自己可也到了油盡燈枯之境。任憑黃藥師智計絕世，終于也救不了愛妻的性命。

「黃老邪本來就愛遷怒旁人，這時愛妻逝世，心智失常，對我胡言亂語一番。我念他新喪妻子，也不跟他計較，只笑了一笑，說道：『你是習武之人，把夫妻之情瞧得這麼重，也不怕人笑話？』他道：『我這位夫人與眾不同。』我道：『你死了夫人，正好專心練功，若是換了我啊，那正是求之不得！老婆死得越早越好。恭喜，恭喜！』」

《射雕英雄傳》第十七回〈雙手互搏〉

老頑童口舌招尤，實在不應該火上加油，活該要服刑十多載。

但是黃藥師沒有阻止夫人「苦苦思索」，還要經歷「幾天幾晚」，實在愛真經甚於愛妻子。用卑鄙手段棍騙傻瓜朋友周伯通是第一錯；得到經書不錄副本是第二錯；竟然讓徒弟偷去了要緊的經書是第三錯；遷怒無辜門人是第四錯；妄想愛妻可重錄經書是第五錯；看見愛妻「心智耗竭」而「油盡燈枯」是第六錯。

蓉兒的媽如春蠶吐絲，力盡而亡，實在是為東邪無力護花而死。

流幾滴假惺惺的淚又有何用？

倒是小龍女隱居絕情谷底，尤如春蠶吐絲，一十六年之後才破繭而出，重獲新生。

問花花不語（《神鵰俠侶》第三十八回）

一：《木蘭花慢》

問花花不語，為誰落？為誰開？算春色三分，半隨流水，半入塵埃。人生能幾歡笑，但相逢、尊酒莫相催。千古幕天席地，一春翠繞珠圍。

彩雲回首暗高臺，煙樹渺吟懷。拚一醉留春，留春不住，醉裡春歸。西樓半廉斜日，怪銜春、燕子卻飛來。一枕青樓好夢，又教風雨驚回。

梁曾《木蘭花慢．西湖送春》

二：留春不住便送春

春天是一年中生發的日子，動物在春天擇偶求偶，所以這個春字，到詩人筆下，便離不開情情愛愛。

卻說黃蓉與程英、陸無雙北上尋覓愛女郭襄，金庸忽然讓程英念誦這首詞的前幾句：

這一日子艷陽和暖，南風薰人，樹頭早花新著，春意漸濃。程英指著一株桃花，對黃蓉道：「師姊，北國春遲，這裡桃花甫開，桃花島上的那些桃樹卻已結實了罷！」她一面說，一面折了一枝桃花，拿著把玩，低吟道：『問花花不語，為誰落？為誰開？算春色三分，半隨流水，半入塵埃。』」黃蓉見她嬌臉凝脂，眉黛鬢青，宛然是十多年前的好女兒顏色，想像她這些年來香閨寂寞，自是相思難遣，不禁暗暗為她難過。

《神鵰俠侶》第三十八回〈生死茫茫〉

真是神來之筆！金庸側寫程英和陸無雙這一十六年來為了楊過而蹉跎歲月。若問此花為誰開為落，真的是無語問蒼天。

欲為楊過而開，可惜花開而不能結實，唯有自入塵埃！

燕子尚且一年一歸，心上人卻變成了大哥，還要一十六年狠心不見。人生能幾歡笑？恐怕就是昔日差一點要死在李莫愁毒手之下的剎那。

詞的後半，講以醉留春，卻不合程英之用，所以金庸只要她唸開頭的幾句。附帶一提，這個梁曾年紀比程英還少了一大截，此時程英已三十來歲，那梁曾（一二四二至一三二二）還是只是個十來歲的小孩子。金庸筆下前人誦後人詩詞甚多，這次沒有給人點名批評指責，也就不多說明了。

千里孤墳，無處話淒涼！（《神鵰俠侶》第三十八回）

一：江城子

十年生死兩茫茫，不思量，自難忘。千里孤墳，無處話淒涼。縱使相逢應不識，塵滿面、鬢如霜。

夜來幽夢忽還鄉，小軒窗，正梳妝。相顧無言，惟有淚千行。料得年年腸斷處，明月夜、短松崗。

蘇軾《江城子・乙卯正月二十日夜記夢》

二：偶見悼亡詞

金庸信手拈來，老實不客氣的借用了蘇軾的這首《江城子》，作為催動楊過自殺的「藥引」，連回目也用上了「生死茫茫」：

霎時之間，心中想起幾句詞來：「十年生死兩茫茫，不思量，自難忘。千里孤墳，無處話淒涼。縱使相逢應不識，塵滿面，鬢如霜。」這是蘇東坡悼亡之詞。楊過一生潛心武學，讀書不多，數處前在江南一家小酒店壁上偶爾見到題著這首詞，但覺情深意真，隨口念了幾遍，這時憶及，已不記得是誰所作。心想：「他是十年生死兩茫茫，我和龍兒已相隔一十六年了。他尚有個孤墳，知道愛妻埋骨之所，而我卻連妻子葬身何處也自不知。」接著又想到這詞的下半闋，那是作者一晚夢到亡妻的情境：「夜來幽夢忽還鄉，小軒窗，正梳妝；相對無言，惟有淚千行！料想年年腸斷處，明月夜，短松崗。」不由得心中大慟：「而我，而我，三日三夜不能合眼，竟連夢也做不到一個！」

《神鵰俠侶》第三十八回〈生死茫茫〉

金庸將楊過定性為「讀書不多」，卻偏偏讓他「因應需要」，總是很巧合的讀過派得上用場的詩詞，在酒店壁上見到這首悼亡詞，真的奇哉怪也！

絕情谷一役，楊過一覺醒來，小龍女不知所蹤，卻在石壁上留言，相約十六年後相見。楊過早到五天，由三月初二苦等到三月初七都過去了，再到初八日的大清早，才驚覺自己兩鬢染霜，三根鬢髮之中倒白了兩根，更是滿臉塵土，連自己也不認得。金庸為甚麼特意選這首「情深意真」詞給楊過「偶爾見到」，上文解釋得一清二楚。蘇軾是十年之間鬢如霜，楊過是十六年不知小龍女生死，一夜之間鬢如霜。

三：守信是情的第一要義

古人認為：「夢者，意也。」常言道：「日有所思，夜有所夢。」楊過三天三夜苦苦思念，龍兒卻不肯入夢相見；蘇軾卻是忽然的入夢還鄉。

楊過對小龍女深愛不渝，婚後「從一而忠」，堪稱情聖，這又與蘇東坡不同。東坡雖然深愛這位令他「淚千行」的王夫人，卻還有餘力去愛其他女子。這對小夫妻有過十年以上的恩愛生活，不幸女方早夭，這詞作於宋神宗熙寧八年乙卯（一〇七五），東坡時年三十有九。

一夫一妻的制度和信念，在楊過的時代並不是常態，宋代的男人在道德和法理上面，都可以愛多過一人，甚至可以同時期大享其齊人之福。楊過用情如此之專，或可以說是金庸削古人之足，適今人之履

「問世間情是何物？」

這句話是《神鵰俠侶》的主題句，情是何物？人言人殊，但是當中第一要義，卻原來兄是簡簡單單的一個「信」字。

「信」實在舉足輕重，讀者每每視楊過為情聖，皆因他堅決不移的信守對小龍女愛的諾言。古墓派的規矩要求男方承諾一生只愛自己，不得再對別的女子好，從一而忠。好去彌補祖師婆婆林朝英苦戀死纏王重陽失敗的創傷。楊過當初毫不知情，信口便應承了，後來竭盡所能去踐諾。

情到濃時，人人都會開口指天誓日，甚至剖心掏肝也在所不惜。但是開口隨便說說容易，切實履行承諾卻難。楊過為了對小龍女的鍾愛和承諾，大幅度的調整了自己的人生，犧牲不可謂不小，當然不能接受小龍女的「失信」：

猛地裡一躍而起，奔到斷腸崖前，瞧著小龍女所刻下的那幾行字，大聲叫道：「『十六年後，在此相會，夫妻情深，勿失信約！』小龍女啊小龍女！是你親手刻下的字，怎地你不守信約？」他一嘯之威，震獅倒虎，這幾句話發自肺腑，只震得山谷皆鳴，但聽得群山響應，東南西北，四周山峰都傳來：「怎地你不守信約？怎地你不守信約？不守信約……不守信約……」他自來生性激烈，此時萬念俱灰，心想：「龍兒既已在十六年前便即逝世，我多活這十六年實在無謂之至。」

是小龍女不肯入夢？最後，終於在楊郎眼前出現，是真？是幻？

《神鵰俠侶》第三十八回〈生死茫茫〉

淚眼模糊，眼前似乎幻出了小龍女白衣飄飄的影子，又隱隱似乎聽到小龍女在谷底叫道：「楊郎，楊郎，你別傷心，別傷心！」楊過雙足一登，身子飛起，躍入了深谷之中……

《神鵰俠侶》第三十八回〈生死茫茫〉

腹有詩書氣自華（《神鵰俠侶》第四十回）

一：東坡詩

麤繒大布裹生涯，腹有詩書氣自華。
厭伴老儒烹瓠葉，強隨舉子踏槐花。
囊空不辦尋春馬，眼亂行看擇婿車。
得意猶堪誇世俗，詔黃新濕字如鴉。

蘇軾〈和董傳留別〉

二：華山之顛

《神鵰俠侶》第四十回〈華山之巔〉，除了重定新天下五絕（東邪、西狂、南僧、北俠、中頑童）之外，並介紹了後作《倚天屠龍記》。這一回差不多只講不打，只後來楊過臨陣傳授張君寶三招以對付尹克西。但是這三招實在挖空心思，當中所含哲理甚深。

張君寶即是日後成為一代武林宗師的張三丰，只不過歷史上似乎有兩位張三丰，而第二位張三丰似乎又比張無忌、朱元璋等人後出。金庸依照舊說，奉張三丰為太極拳這一門功夫的始祖，又要配合明太祖朱元璋霸佔明教基業，只能挑明代的張三丰。現時一些仍然流通的太極拳經中提及一位「覺遠祖師」，金庸便順理成章，安排這覺遠大師當張君寶的師父。

覺遠出場，全借神鵰俠楊過的耳目介紹。先是聲：

忽聽得山腰裡一人喝道：「借書不還的兩位朋友，請現身相見！」這兩句喝聲只震得滿山皆響，顯是內力充沛之極，雖不威猛高昂，但功力之淳，竟是不弱於楊過的長嘯。

《神鵰俠侶》第四十回〈華山之巔〉

接著是遠觀：

在這陡山峭壁之間居然健步如飛，內力之深厚，竟可和一燈大師、郭伯伯相匹敵。

然後是面見：

楊過看這僧人時，只見他長身玉立，恂恂儒雅，若非光頭僧服，宛然便是位書生相公。和他相比，黃藥師多了三分落拓放誕的山林逸氣，朱子柳又多了三分金馬玉堂的朝廷貴氣。

這覺遠五十歲左右年紀，當真是腹有詩書氣自華，儼然、宏然，恢恢廣廣，昭昭蕩蕩，便如是一位飽學宿儒、經術名家。

三：高僧與詩

金庸只選用了原詩的第二句，此詩與高僧無關。一般人或許以為高僧與詩扯不上邊，實情是歷代有許多詩僧，而高僧翻譯佛經，亦要將音樂感極強的梵文原經譯成五言、七言偈頌，所以和尚也能與詩扯上關係。不過覺遠是書獃子，可能只會讀詩，不會作詩。

此時此夜難為情（《神鵰俠侶》第四十回）

一：詠風月始、詠風月終

《神鵰俠侶》的第一回題為〈風月無情〉，第四十回題為〈華山之顛〉。這部「金庸小說情書第一」的傑作以詠風月開始，以詠風月作結：

卻聽得楊過朗聲說道：「今番良晤，豪興不淺，他日江湖相逢，再當杯酒言歡。咱們就此別過。」說著袍袖一拂，攜著小龍女之手，與神鵰並肩下山。

其時明月在天，清風吹葉，樹巔烏鴉呀啊而鳴，郭襄再也忍耐不住，淚珠奪眶而出。

正是：

「秋風清，秋風明；落葉聚還散，寒鴉棲復驚。相思相見知何日，此時此夜難為情。」

（《神鵰俠侶》頁一六六九）

這一首〈三五七言〉，據說是詩仙李白所創，共六句三十字，《李白集》和《全唐詩》都有收錄；或謂此詩為隋朝鄭世翼所作，這個鄭世翼是何許人，則請恕筆者孤陋寡聞，未有聽過。

風月暗喻男女間的情愛，金庸既要引用這首詩，當然要依前四句的意象，融入華山之顛的夜色。烏鴉叫聲悽厲，可能是自顧自的鳴叫，也有可能受人干擾受驚而叫，那得看觀者如何理解詮釋，白居易有一首《慈烏夜啼》，就是將「樹巔烏鴉呀啊而鳴」說成是為思念慈母。而秋風捲葉，到了詩人的眼中又可以聯想到人生的散聚。

金庸引這首〈三五七言〉，是為了最後的兩句：

相思相見知何日？
此時此夜難為情！

二：到處留情不下流

神鵰俠楊過少年時到處留情，誤人匪淺，他是真真正正的「風流而不下流」，與一眾「女朋友」都是「發乎情、止乎禮」，「清清白白」的。但這樣所作所為才更教一眾情場上的敗將終生傷痛：

一日早晨，陸無雙與程英煮了早餐，等了良久，不見楊過到來，二人到他所歇宿的山洞去看時，只見地下泥沙上劃著幾個大字：「暫且作別，當圖後會。兄妹之情，皓如日月。」

陸無雙一怔，道：「他……他終於去了。」發足奔到山巔，四下遙望，程英隨後跟至，兩人極目遠眺，惟見雲山茫茫，那有楊過的人影？陸無雙心中大痛，哽咽道：「你說他……他到那裡去啦？咱們日後……日後還能見到他麼？」

程英道：「三妹，你瞧這些白雲聚了又散，散了又聚，人生離合，亦復如斯。你又何必煩惱？」她話雖如此說，卻也忍不住流下淚來。

（《神鵰俠侶》頁一三三一）

程英這一番說白雲的話，真是神來之筆的佳句，意境高超。落葉與白雲都是聚聚散散，但與人生之離合無常，真有天淵之別。一十六年之後，程英和陸無雙兩人終於有機會再見到結誼兄長楊過，不免一般的徒增相思之苦。

「相思相見知何日？」

小郭襄自華山之顛一別，應當還有最少一個機會見到她的大哥哥，就是後來楊過將玄鐵重劍送與郭靖黃蓉夫婦鑄成倚天劍、屠龍刀兩柄神兵。這一回，楊過有沒有讓小妹子見他一面呢？抑或是恨心的「相見爭如不見」呢？倒是惹人暇想。

「難為情」這三個字，現代的用法是略等同於「尷尬」，如臉皮極厚的老頑童周伯通也有「難為情」的時候：

周伯通見是黃蓉，哈哈大笑，奔近迎上，只跨出幾步，突然滿面通紅，轉身回轉茅屋，「啪」的一聲，關上了柴扉。黃蓉大奇，不知他是何用意，伸手拍門，叫道：「老頑童，老頑童，怎地見了遠客，反躲將起來？」砰砰砰拍了幾聲。周伯通在門內叫道：「不開，不開！死也不開！」

……

一燈、周伯通、瑛姑數十年前恩怨牽纏，仇恨難解，但時日既久，三人年紀均老，修為又進，同在這萬花谷中隱居，養蜂種菜，蒔花灌田，那裡還將往日的尷尬事放在心頭？但周伯通驀是見到黃蓉，不自禁的深感難以為情……

（《神鵰俠侶》頁一五六三——一五六四）

郭襄「此時此夜難為情」的「難為情」，當然不是周伯通害怕在黃蓉面前講及「相對溶紅衣」韻事的那一種難為情。這個「難為情」，與「曾經滄海難為水」的「難為」才是同一種東西。

中唐詩人元稹的〈離思五首〉之四有云：

曾經滄海難為水，除卻巫山不是雲。
取次花叢懶迴顧，半緣修道半緣君。

金庸引〈三五七言〉來襯托郭襄對楊過的離思，就是以「難為情」三字作結。「半緣修道半緣君」也可以用作郭襄出家的借口，所以後人說郭襄四十歲大徹大悟，那是「半緣修道」；張三丰知道詳情，是為著忘不了神鵰俠楊過，那是「半緣君」。當然，作為《射鵰三部曲》的讀者，大家都知道郭襄在十六歲以後就鬱鬱餘生是為了甚麼緣故。

這裡的一個「為」字，是擔當、作為的意思。

元稹這「曾經滄海難為水，除卻巫山不是雲」兩句傑作，後世多被借用作比喻一次情場失意之後，便再沒有力氣去與人談情說愛。

到過大海，便覺得一般的河流溪水不外如是；見過巫山雲雨，便有「除卻巫山不是雲」的感覺。情竇初開的小郭襄既與英俊神武的神鵰俠有了這番交往，試問眼中還能看得起甚麼人？那朱三弟、王劍民甚麼的固是不值一哂，甚至連「崑崙三聖」何足道這樣的文武雙全的人才也都「不是雲」，也都教小東邪有「懶迴顧」之感，完全看不上眼。

三：曾經滄海

《射鵰三部曲》之中，緊接《神鵰俠侶》的《倚天屠龍記》以郭襄帶出新故事，金庸特別選了清末徐三庚的「曾經滄海」印章。

所謂「滄海桑田」，是指大海變為農田，農田又再變為大海，以示時間極長，比喻世事變化之大。近代動物學家，在高山發現應該在海邊生活的動物化石，證明那片高山的土地曾經是海洋，可見古人的智慧。

向來不甚喜歡郭襄。一來可能是為了她創立峨嵋派，而峨嵋派的規矩和立派精神很不健康；二來可能因為她是「小東邪」，而我對於「東邪」黃藥師的矯情自飾卻又大大的不以為然。

但是看看郭襄的歸宿結局，又不免嘆息唏噓：

> 花開花落，花落花開。少年子弟江湖老，紅顏少女的鬢邊終於也見到了白髮。這一年是元順帝至元二年，宋朝之亡至此已五十餘年。
>
> 《倚天屠龍記》第三回

生老病死為人生必經階段，紅顏少女也會老去，正如小娟老了，芳名仍是小娟。可是不願意丫角終老的多情女子，迫不得已的要選擇獨身而抱憾終生，總是令人十分的傷感。

若能知鏡花之不可攀，退而求其次，或許可以免卻數十年相思之苦。有一老生常談，謂：「世上沒有一個異性值得你終生相思。」是耶？非耶？

「此時此夜難為情」可不打緊，萬萬不要「今生今世難為情」。

附錄：

寶髻鬆鬆挽就，鉛華淡淡妝成。青煙翠霧罩輕盈，飛絮遊絲無定。

相見爭如不見，有情何似無情。笙歌散後酒初醒，深院月斜人靜。

司馬光〈西江月〉

第五章　《倚天》詩詞巡禮

小龍女與丘處機的〈無俗念〉（《倚天屠龍記》第一回）

欲知小龍女怎樣美，且看丘處機的詞：

春遊浩蕩，是年年寒食，梨花時節。白錦無紋香爛漫，玉樹瓊苞堆雪。靜夜沉沉，浮光靄靄，冷浸溶溶月。人間天上，爛銀霞照通徹。渾似姑射真人，天姿靈秀，意氣殊高潔。萬蕊參差誰信道，不與群芳同列。浩氣清英，仙才卓犖，下土難分別。瑤臺歸去，洞天方看清絕。

《倚天屠龍記》第一回

這首〈無俗念〉詞，我在拙作《總論金庸》曾有討論，主要拿來比較金庸小說與梁羽生小說中詩詞的意境。當時評金庸鈔此詞鈔得「混然天成，毫無斧鑿之痕」，得出的結論是金庸的鈔，遠勝於梁羽生的作。

現在舊事重提，倒不是要「炒冷飯」欺騙讀者，只因為當年寫《總論金庸》時不曾見過原詞，待得見過牛鼻子丘處機的原作，當然又有文章可做。

在一個非常非常偶然的機會，拜讀香港大學研究金元詞專家黃兆漢先生的論文，方才讀到丘處機這首〈無俗念‧靈虛宮梨花詞〉原作：

春遊浩蕩，是年年、寒食梨花時節。白錦無紋香爛漫，玉樹瓊葩堆雪。靜夜沉沉，浮光靄靄，冷浸溶溶月。人間天上，爛銀霞照通徹。

渾似姑射真人，天姿靈秀，意氣舒高潔。萬化參差誰信道，不與群芳同列。浩氣清英，仙材卓犖，下土難分別。瑤臺歸去，洞天方看清絕。

金庸將原詞略作修飾，以切合小說的意境，卻改得甚好。因此我應該要修正，說金庸小說的詩詞改得比梁羽生小說中自撰的詩詞更具意境神韻。金庸還「插贓嫁禍」，將「靈虛宮梨花詞」數字刪去，然後大吹法螺一番：

作這一首〈無俗念〉詞的，乃南宋末年一位武學名家，有道之士。此人姓丘，名處機，道號長春子，名列全真七子之一，是全真教中出類拔萃的人物。《詞品》評論此詞道：「長春，世之所謂仙人也，而詞之清拔如此。」這首詞誦的似是梨花，其實詞中真意卻是讚譽一位身穿白衣的美貌少女，說她「渾似姑射真人，天姿靈秀，意氣殊高潔」，又說她「浩氣清英，仙才卓犖」，「不與群芳同列」。詞中所頌的美女，乃是古墓派傳人小龍女。她一生愛穿白衣，當真如風拂玉樹，雪裹瓊苞，兼之生性清冷，實當得起「冷浸溶溶月」的形容，以「無俗念」三字贈之，可說十分貼切。長春子丘處機和她在終南山上比鄰而居，當年一見，便寫下這首詞來。

《倚天屠龍記》第一回

正如曹子建詩云：「松子久吾欺。」（見《贈白馬王彪》）我輩忠實讀者，歷年來被金庸蒙蔽誤導，實不知凡幾，真豈有此理！

原詞是「春游浩蕩，是年年，寒食梨花時節。」金庸改成「春游浩蕩，是年年寒食，梨花時節。」本來是說每一年的「寒食梨花時節」，但到了金庸手上，硬生生將「寒食」與「梨花」分開，就將重點由「寒食」移到「梨花」上面去了。牛鼻子丘老道年年春游，專揀在寒食時節，顯然是為了寒食而游，而恰巧在寒食遍逢梨花，因此寒食出游是主，兼賞梨花為賓。金庸將逗號輕一挪移，就變成了為梨花而游，實是神來之筆。至於斷句不同，節奏感就很有不同，則各有千秋。

以「苞」代「葩」亦有深意。「玉樹瓊苞」，即有含苞待放之意；「玉樹瓊葩」，則是已開之花，實在不合丘老道初次邂逅小龍女時候的意態。當時的小龍女正是「含苞待放」的小美人。

「意氣舒高潔」有意氣舒展之意，自又不及「意氣殊高潔」之與下文「不與群芳同列」互相呼應。殊者，即特別也，說小龍女的意氣特別高潔。丘老道詠這梨花在與「萬蕊」、「群芳」相比是仍覺其特別高潔。

「萬化參差」中的萬化原是說萬物化生的道理，金庸改為「萬蕊參差」，即以「蕊」表花，以梨花為仙人。其實丘處機原詞的用意是由觀賞梨花，從而想及萬物化生之道呀。

何足道撫長劍——縱活千載，亦復何益？（《倚天屠龍記》第一回）

一：中年人巧遇美少女

難覓知音的中年人與美貌聰慧的少女萍水相逢，美少女家學淵源，信口品評，句句中節，遂令那個文武雙全的中年人引為生平知己。

這樣的情節在《射鵰英雄傳》有陸乘風遇黃蓉於太湖，在《倚天屠龍記》有何足道識郭襄於少室山。這兩段情節的文字都非常精彩，合情合理。所不同者，在於太湖上一聚之時陸乘風年過四十，早已成家，兒子也比年方十五六的黃蓉大了好幾歲，而「黃老弟」又與小情人「郭哥哥」同游；何足道卻只三十左右，是「新進」的中年人，而一人一驢的「小東邪」郭襄也有十九歲了，於是乎西域狂生便為了中土美女一曲《考槃》而種下深情。

何足道長居崑崙，以琴、劍、棋三絕負有盛名，人稱「崑崙三聖」。三聖者自以琴聖為先，劍法與棋藝易於鑑別高下，唯獨是琴音，必須知音人方才懂得欣賞，否則便只是對牛彈琴而已：

那人隨手在琴弦上彈了幾下短音，仰天長嘆，說道：「撫長劍，一揚眉，清水白石何離離？世間苦無知音，縱活千載，亦復何益？」……

難怪鍾期一死，伯牙便以無人能識高山流水之妙而傷心碎琴。

何足道吟的這幾句詩，出自李白的《扶風豪士歌》：

洛陽三月飛胡沙，洛陽城中人怨嗟。
天津流水波赤血，白骨相撐如亂麻。
我亦東奔向吳國，浮雲四塞道路賒。
東方日出啼早鴉，城門人開掃落花。
梧桐楊柳拂金井，來醉扶風豪士家。
扶風豪士天下奇，意氣相傾山可移。
作人不倚將軍勢，飲酒豈顧尚書期。
雕盤綺食會眾客，吳歌趙舞香風吹。
原嘗春陵六國時，開心寫意君所知。
堂中各有三千士，明日報恩知是誰。

撫長劍，一揚眉。清水白石何離離。

脫吾帽，向君笑。

飲君酒，為君吟。

張良未逐赤松去，橋邊黃石知我心。

唐代的扶風郡，就是漢代的右扶風，與郡平行。京兆尹、左馮翊、右扶風合稱三輔，是西漢的政治中心，蜀漢名將馬超就是右扶風人。據說此詩作於唐玄宗天寶十五年，在安史之亂的初期，當時安祿山佔據了唐室的東都洛陽。

趙國平原君、齊國孟嘗君、楚國春申君、魏國信陵君合稱戰國四公子，當時養士風氣甚盛，四公子都號稱有三千食客，食客平日只管吃喝，主家有事的時候便要報恩，即是「養兵千日，用在一朝」之意。張良是漢高祖劉邦的重要謀臣，與蕭何、韓信合稱漢初三傑。張良曾在下邳遇黃石公，得其傳授《三略》，加入劉邦的集團，為其「運籌帷幄之中，決勝千里之外」，後來天下大定，托詞跟赤松子學道，辭官歸隱，沒有給皇帝鬥垮鬥臭。

金庸給何足道吟撫劍揚眉的三句，自是抒發其高才未為世用之意。撫劍而歌，才加上戰國四公子，當然要令人想起「彈劍而歌」的馮驩。

馮驩投到孟嘗君門下而無作為，高歌曰：「長鋏歸來乎，食無魚。」然後不滿之詞又逐步升級為「出無輿」與「無以為家」，令孟嘗君頗為不悅。鋏就是劍把。後來的事，讀者都很清楚，馮驩為孟嘗君到薛邑收債，卻把借據當眾燒毀，幫孟嘗君收買人心，起初孟嘗君很不高興，後來落難的時候得到薛人的幫助復位，才懂得感激馮驩的高瞻遠矚。

二：曲子沒彈完……

郭襄以《考槃》相贈，說出了狂生何足道的心事，令這個崑崙三聖大是感激，遂以郭襄為生平第一知音，另譜新曲相贈：

郭襄只聽了幾節，不由得又驚又喜。原來這琴曲的一部分是自己奏過的《考槃》，另一部分卻是秦風中的《蒹葭》之詩，兩曲截然不同的調子，給他別出心裁的混和在一起，一應一答，說不出的奇妙動聽，但聽琴韻中奏著：「考槃在澗，碩人之寬。蒹葭蒼蒼，白露為霜，所謂伊人，在水一方……碩人之寬，碩人之寬……溯回從之，道阻且長，溯游從之，宛在水中央……獨寐寤言，永矢勿諼，永矢勿諼……」郭襄心中驀地一動：「他琴中說的『伊人』，難道是我麼？這琴韻何以如此纏綿，充滿了思慕之情？」想到此處，不由得臉上微微一紅。只是這琴曲實在編得巧妙，《考槃》和《蒹葭》兩首曲子的原韻絲毫不失，相互參差應答，卻大大的豐贍華美起來。她一生之中，從未聽到過這樣的樂曲。

「離離」是指事物分列得很清楚，有分散、陳列之意。白居易的《賦得古原草送別》：「離離原上草，一歲一枯榮。野火燒不盡，春風吹又生。」當中的離離用作形容原上之草，自是還有繁茂之貌的意思。

清水與白石原本處在兩個截然不同的世界，偶一相逢，正如何足道與郭襄之聚散匆匆。入寺之前，何足道與郭襄有約：

「就是這樣，剛才的曲子沒彈完，回頭我好好的再彈一遍給你聽。」

可惜何足道把話說得滿了，這一回頭，已是百年身，結果十招之內打不敗張君寶，只好對自己踐諾而終生不履中土。「白石」有意，「清水」無情，「清水白石何離離」，郭襄這位依人當然不肯遠赴崑崙可再聽這首情意纏綿的《蒹葭考槃》。

「為伊消得人憔悴」。緣生即會，緣盡則散。既緣盡於斯，此後難免悔恨綿綿無限。為甚麼要狂言：「好小子，咱們來比劃比劃，你只須接得我十招，何足道終身不履中土」呢？

「疏狂」的代價可真不輕，然而終生不見亦有不見的好，儘可對水伊人留下悽美的回憶，畢竟「清水」總是不會心繫「白石」。此狂生之「長臉深目，瘦骨稜稜」始終賽不過彼狂生之「劍眉入鬢，鳳目生威」。

附錄：

考槃在澗，碩人之寬。獨寐寤言，永矢弗諼。
考槃在阿，碩人之薖。獨寐寤歌，永矢弗過。
考槃在陸，碩人之軸。獨寐寤宿，永矢弗告。

《詩・衛風・考槃》

蒹葭蒼蒼，白露為霜。所謂伊人，在水一方。
溯洄從之，道阻且長；溯游從之，宛在水中央。
蒹葭萋萋，白露未晞。所謂伊人，在水之湄。
溯洄從之，道阻且躋；溯游從之，宛在水中坻。

蒹葭采采，白露未已。所謂伊人，在水之涘。
溯洄從之，道阻且右；溯游從之，宛在水中沚。

《詩．秦風．蒹葭》

倚危樓風細細。望極春愁，黯黯生天際。草色煙光殘照裏。無言誰會憑闌意。
擬把疏狂圖一醉。對酒當歌，強樂還無味。衣帶漸寬終不悔，為伊消得人憔悴。

柳永《鳳棲梧》

潘按：

槃即是快樂，全詩寫那位「碩人」志行高潔，自得其樂。

蒹葭是蘆葦，全詩就如金庸所言，是寫「一個狷介的狂生在山澤之中漫游，遠遠望見水中小島站著一個溫柔的少女，於是不理會山隔水阻，一股勁兒的過去見她」。

「清水白石何離離」本是水清石現之意，即成語所謂「水落石出」，版主借「離離」兩字「郢書燕說」一番而已。

考槃在澗，蒹葭蒼蒼（《倚天屠龍記》一回）

一．碩人與伊人

考槃在澗，碩人之寬。獨寐寤言，永矢弗諼。
考槃在阿，碩人之薖。獨寐寤歌，永矢弗過。
考槃在陸，碩人之軸。獨寐寤宿，永矢弗告。

《詩．衛風．考槃》

蒹葭蒼蒼，白露為霜。所謂伊人，在水一方。溯洄從之，道阻且長；溯游從之，宛在水中央。
蒹葭萋萋，白露未晞。所謂伊人，在水之湄。溯洄從之，道阻且躋；溯游從之，宛在水中坻。
蒹葭采采，白露未已。所謂伊人，在水之涘。溯洄從之，道阻且右；溯游從之，宛在水中沚。

《詩．秦風．蒹葭》

二・知音唱和

難覓知音的中年人與美貌聰慧的少女萍水相逢，美少女家學淵源，信口品評，句句中節，遂令那個文武雙全的中年人引為生平知己。

這樣的情節在《射鵰英雄傳》有陸乘風遇黃蓉於太湖，在《倚天屠龍記》有何足道識郭襄於少室山。這兩段情節的文字都非常精彩，合情合理。所不同者在於太湖上一聚之時陸乘風年過四十，早已成家，兒子也比年方十五六的黃蓉大了好幾歲，而「黃老弟」又與小情人「郭哥哥」同游；何足道卻只三十左右，是「新進」的中年人，而一人一驢的「小東邪」郭襄也有十九歲了，於是乎西域狂生便為了中土美女一曲《考槃》而種下深情：

> 郭襄見這琴古紋斑爛，顯是年月已久，於是調了調琴弦，彈了起來，奏的是一曲「考槃」。她的手法自沒甚麼出奇，但那人卻頗有驚喜之色，順著琴音，默想詞句：「考槃在澗，碩人之寬，獨寐寤言，永矢勿諼。」這詞出自「詩經」，是一首隱士之歌，說大丈夫在山澗之間游蕩，獨來獨往，雖寂寞無侶，容色憔悴，但志向高潔，永不改變。那人聽這琴音

說中自己心事，不禁大是感激，琴曲已終，他還是癡癡的站著。

郭襄輕輕將瑤琴放下，轉身走出松谷，縱聲而歌：「考槃在陸，碩人之軸，獨寐獨宿，永矢勿告。」招來青驢騎上了，又往深山林密之處行去。

《倚天屠龍記》第一回〈天涯思君不可忘〉

郭襄以《考槃》相贈，說出了狂生何足道的心事，令這個崑崙三聖大是感激，遂以郭襄為生平第一知音，另譜新曲相贈：

郭襄只聽了幾節，不由得又驚又喜。原來這琴曲的一部分是自己奏過的「考槃」，另一部分卻是秦風中的「蒹葭」之詩，兩曲截然不同的調子，給他別出心裁的混和在一起，一應一答，說不出的奇妙動聽，但聽琴韻中奏著：「考槃在澗，碩人之寬。蒹葭蒼蒼，白露為霜，所謂伊人，在水一方……碩人之寬，碩人之寬……溯回從之，道阻且長，溯游從之，宛在水中央……獨寐寤言，永矢勿諼，永矢勿諼……」郭襄心中驀地一動：「他琴中說的『伊人』，難道是我麼?這琴韻何以如此纏綿，充滿了思慕之情?」想到此處，不由得臉上微微一紅。只是這琴曲實在編得巧妙，「考槃」和「蒹葭」兩首曲子的原韻絲毫不失，相互參差應答，卻大大的豐瞻華美起來。她一生之中，從未聽到過這樣的樂曲。

……

何足道全心沉浸在琴聲之中，似乎見到一個狷介的狂生在山澤之中漫游，遠遠望見水中小島站著一個溫柔的少女，於是不理會山隔水阻，一股勁兒的過去見她……

《倚天屠龍記》第一回〈天涯思君不可忘〉

金庸將「永矢弗諼」改為「永矢勿諼」可能是故意用淺白的一點的字代替。

三．沒有回頭路可走

《考槃》不是情詩，講的隱者自得其樂，不受環境限制。考，拷打，扣打。槃是盤子形的敲擊樂器。澗是水澗，阿是丘陵，陸是平地。碩人是指達人高士，現代大學制度，唸完了研究院的Master，叫作碩士。古之碩人比今之碩士卻優勝得太多了。

寬與薖，都是優閒自得之意；軸，在此指道路。

寐是睡覺；寤是睡醒。

矢是矢誓。諼是忘記；過是過從，即相往還。

金庸解釋《考槃》的詩意很清楚，所以拿來給郭襄贈與何足道，便如同度身訂造的合適。《蒹葭》卻是情詩，寫男子思慕所愛的女子，卻又難於親近，心情反覆。

蒹葭是蘆葦一類的水草。二十四節氣裡面，晞和已都指是露水未乾。

蒼蒼是深青色；萋萋和采采都是生得茂盛。

伊人即是那個人，就是詩人所愛慕的女子，後世便成為女子的代稱。

湄和涘都在水邊。

溯洄是逆流而上，溯遊卻是順流而下。

坻是水中高地；沚是水中小片乾地。

入少林寺之前，何足道與郭襄有約：「就是這樣，剛才的曲子沒彈完，回頭我好好的再彈一遍給你聽。」

可惜何足道把話說得滿了，這一回頭，已是百年身，結果十招之內打不敗張君寶，只好對自己踐諾而終生不履中土。

但是聽完了曲子又怎樣？

這個「長臉深目，瘦骨稜稜」的西域狂生，始終賽不過那個「劍眉入鬢，鳳目生威」的西狂楊過！

後記：

讀者當會奇怪，因何潘某人一個題目寫了兩次？

實情是當年沒有任何詳細計劃，經常是臨近交稿期才急就章去張羅，隨寫隨忘倒是有的。前翻主要談《扶風豪士歌》，心中可能覺得兩首詩還未寫。

現在整理舊文，兩篇的思路和行文很接近，證明心裡就是這麼想。此下一仍其舊，也不強求合二為一了。

二零一九年二月

國森記

斜風細雨不須歸（《倚天屠龍記》第五回）

一：漁歌子

西塞山前白鷺飛，桃花流水鱖魚肥。
青箬笠，綠蓑衣，斜風細雨不須歸。

張志和《漁歌子》

二：踏上不歸路

《倚天屠龍記》第五回〈皓臂似玉梅花妝〉，寫武當五俠張翠山赴美貌姑娘於杭州六和塔下的約定。當時下著雨，小舟上的美貌姑娘，亦即日後的張夫人殷素素送傘給張五俠遮雨：

張翠山伸手接住，見是一柄油紙小傘，張將開來，見傘上畫著遠山近水，數株垂柳，一幅淡雅的水墨山水畫，題著七個字道：「斜風細雨不須歸。」杭州傘上多有書畫，自來如此，也不足為奇，傘上的繪畫書法出自匠人手筆，便和江西的瓷器一般，總不免帶著幾分匠氣，豈知這把小傘上的書畫竟然甚為精致，那七個字微嫌勁力不足，當是出自閨秀之手，但頗見清麗脫俗。

《倚天屠龍記》第五回〈皓臂似玉梅花妝〉

「銀鉤鐵劃」張五俠是武當七俠之中，唯一一個讓讀者知道外號之人。既是書法大行家，金庸當然不放過給張五俠表演的機會。美貌姑娘請名家品評自己的字畫，文武雙全、英俊瀟灑的專家說：

這「不」字寫得很自然啊，只不過少了含蓄，不像其餘的六字，餘韻不盡，觀之令人忘倦。

金庸為何挑選這句？那是要與細雨的背景配合，後來「錢塘江越到下游，江面越闊，而斜風細雨也漸漸變成狂風暴雨。」

這番邂逅，改變了張五俠的下半生。俞蓮舟與莫聲谷率先起程，卻於途中遇事而耽擱落後，便造就張翠山碰上令自己走上不歸路的艷遇。

這「不須歸」三字，是小查詩人細意經營，還是信手拈來？

三：同是煙波釣徒

這首〈漁歌子〉的作者是唐代的張志和，只得詩九首傳世，以這一首最著名。詩中講的是漁夫在山水之間以魚鳥作伴，自得其樂，樂而忘返，於是乎「斜風細雨不須歸」。

無巧不成話，張志和自號「煙波釣徒」，正與小查詩人的祖宗老查詩人查慎行志趣相投。

（潘按：過去小查詩人語焉不詳，讓讀者誤會他是查慎行的一支，卻原來是查昇的後人。）

銀鉤鐵劃勝金毛獅王（《倚天屠龍記》第六回）

一：草書歌行

少年上人號懷素，草書天下稱獨步。
墨池飛出北溟魚，筆鋒殺盡中山兔。
八月九月天氣涼，酒徒詞客滿高堂。
牋麻素絹排數廂，宣州石硯墨色光。
吾師醉後倚繩床，須臾掃盡數千張。
飄風驟雨驚颯颯，落花飛雪何茫茫。
起來向壁不停手，一行數字大如斗。
怳怳如聞神鬼驚，時時只見龍蛇走。
左盤右蹙如驚電，狀同楚漢相攻戰。
湖南七郡凡幾家，家家屏障書題遍。

王逸少，張伯英，古來幾許浪得名。
張顛老死不足數，我師此義不師古。
古來萬事貴天生，何必要公孫大娘渾脫舞。

李白〈草書歌行〉

二：倚天屠龍功

「金毛獅王」謝遜在王盤山天鷹教的揚刀立威大會中奪得屠龍刀，出言向張翠山挑戰，張翠山便寫了「武林至尊，寶刀屠龍。號令天下，莫敢不從。倚天不出，誰與爭鋒？」二十四字的「倚天屠龍功」，金庸引詩中「飄風驟雨驚颯颯」至「狀同楚漢相攻戰」共八句來形容。謝遜寫不出，只好服輸：

要知「武林至尊」以至「誰與爭鋒」這二十四個字，乃張三丰意到神會、反覆推敲而創出了全套筆意，一橫一直、一點一挑，盡是融會著最精妙的武功。就算張三丰本人到此，事先未曾有過這一夜苦思，則既無當時心境，又乏凝神苦思的餘裕，要驀地在石壁上寫二十四個字，也決計達不到如此出神入化的境地。謝遜那想得到其中原由，只道眼前是為屠龍寶刀而起爭端，張翠山就隨意寫了這幾句武林故老相傳的言語。其實除了這二十四字，要張翠山另寫幾個，其境界之高下、筆力之強弱，登時相去倍蓰了。

《倚天屠龍記》第六回〈浮槎北溟海茫茫〉

武當七俠中唯獨張五俠有外號，當為這套武功而設：

他外號叫做「銀鉤鐵劃」，原是因他左手使爛銀虎頭鉤、右手使鑌鐵判官筆而起，他自得了這外號後，深恐名不副實，為文士所笑，於是潛心學書，真草隸篆，一一遍習。

《倚天屠龍記》第四回〈字作喪亂意彷徨〉

不過問題又來了，張翠山初登場時是個「二十一二歲的少年」（第三回〈寶刀百鍊生玄光〉），在武林中出名起碼要有十五六歲吧？幾年「潛心學書」的時間裡，又要勤練武功、行俠仗義，書法能有多高明？

三：不似是李白詩

蘇軾認為這首詩不是李白所作，一般認為李白不會以一個「少年上人懷素」，便把王逸少、張伯英和張顛都貶了下去。懷素是唐代名僧，精擅狂草。墨池是王羲之的洗硯池。北溟的典出自《莊子・逍遙遊》。

中山（位於宣州，在今江蘇省）盛產兔，以其兔毫做筆最精。書家多寫字，須臾千張，難免要消耗許多筆，中山的兔便要遭殃。繩床不是今日吊在兩棵樹間的吊床，而是以繩穿、有靠背和扶手的輕便摺椅，又稱胡床、交椅。

王羲之字逸少，世稱「書聖」。東漢張芝字伯英，善草書，王羲之、王獻之父子都受他影響。張旭亦善草書，時人稱他為張顛。

渾脫氈帽是以整張皮革做成的囊形帽子，渾脫舞是唐朝時西域傳入中國的舞蹈。公孫大娘的典，是張旭見過公孫大娘舞劍器後書法大進。杜甫有首《觀公孫大娘弟子舞劍器行並序》，杜甫觀的是公孫大娘的弟子李十二娘舞劍，由弟子的絕技可見師父舞藝的神韻。

火燒眼眉，且顧眼下！（《倚天屠龍記》第六回）

一：《山坡羊》

他與咱，咱與他，兩下裏多牽掛。冤家！怎能夠成就了姻緣，就是死在閻王殿前，由他把那杵來舂，鋸來解，磨來挨，放在油鍋裡去炸。唉呀由他！只見活人受罪，哪曾見死鬼帶枷？唉呀由他！火燒眉毛，且顧眼下。火燒眉毛，且顧眼下。

二：一起沒好下場！

這曲《山坡羊》是天鷹教紫微堂堂主「妖女」殷素素所唱，融化了「假仁假義」張五俠張相公的心。

《倚天屠龍記》第六回〈浮槎北冥海茫茫〉寫到金毛獅王謝遜奪了屠龍刀，脅持張翠山和殷素素出海，遇上大風，船夫都死光了，只剩下三人隨波向北。患難之中，張殷兩人有了「天下地下，人間海底，我倆都在一起」的盟誓。忽然間殷素素想起自己殺人甚多，恐怕死後那親親張五哥要上天，自己卻得下地獄，便唱了這一段《山坡羊》。

猛聽得謝遜在艙中大聲喝彩：「好曲子，好曲子，殷姑娘，你比這個假仁假義的張相公，可合我心意得多了。」

「惡賊」謝遜聽了便高聲叫好：

殷素素道：「我和你都是惡人，將來都沒好下場。」

張翠山低聲道：「倘若你沒好下場，我也跟你一起沒好下場。」

殷素素驚喜交集，只叫得一聲：「五哥！」再也說不下去了。

跟美貌姑娘在怒濤中出生入死，又與冰人謝遜多番惡鬥，然後賭咒罰誓要「在一起」。人家再親口說為了你這個冤家不怕杵舂、鋸解、磨挨、油炸，那麼假仁假義張相公也只好來個「愛雞隨雞，愛狗隨狗」了！天堂地獄、水裏去火裏去也只好奉陪到底！

結果夫妻為了俞岱巖受傷殘廢的事而感情出現裂痕，再加上保守義兄謝遜和屠龍刀下落的天大秘密，張翠山要用自己的鮮血去承擔所有罪過，殷素素只好嫁雞隨雞、嫁狗隨狗，一同舉劍自戕。

死於非命算是沒好下場，但這樣的「在一起」又未嘗不算是好下場。

三・《思凡》

此羊不同彼羊，殷素素唱的《山坡羊》，跟黃蓉與樵夫對唱的《山坡羊》有點分別，出自鼎鼎大名的《思凡》，女主角色空所唱：

小尼姑年方二八，正青春，被師父削去了頭髮。每日裏在佛殿上燒香換水，見幾個子弟們遊戲在山門下。他把眼兒瞧著咱，咱把眼兒瞧著他。他與咱，咱與他，兩下裏多牽掛。冤家！怎能夠成就了姻緣？就是死在閻王殿前，由他把那碓來舂；鋸來解；把那磨來挨，放在油鍋裏去煠。嗳呀由他！只見活人受罪，哪曾見死鬼帶枷？嗳呀由他。火燒眉毛，且顧眼下。火燒眉毛，且顧眼下。

兩種《山坡羊》看來曲牌相同，曲譜卻異，《思凡》這劇沒有看過，不敢亂說。金庸信手拈來，當然要削去不合用的。曲詞中那一份完全豁出去的激情，的確能夠俘虜人心。既能夠成就姻緣，還有甚麼好畏懼？

《思凡》劇中的色空本姓趙，只因年幼時多病，父母送入尼庵，希望可免夭亡。色空年長後，毅然還俗，乘著師父不在庵中，下山逃去。還唱甚麼：「下山去，尋一個年少哥哥。憑他打我罵我，說我笑我，一心不願成佛，不念彌陀般若波羅。」

金庸筆下尼姑思凡的有《飛狐外傳》的圓性和《笑傲江湖》的儀琳，結果金庸沒有讓二人還俗。劇中色空念一首七絕可以給圓性和儀琳念誦念誦：

削髮為尼實可憐！禪燈一盞伴奴眠。光陰易過催人老，辜負青春美少年。

中國古代僧尼被迫出家的比較多，因為有時候寺廟太多，真正信佛而又能持律守戒可以出家的人又不夠，加上寺廟財力雄厚，總得有人接班，便難免良莠不齊。儀琳的性情不適合當尼姑，恆山派的儀清、儀和都明確說出了來。圓性其實亦鍾情於胡斐，只是礙於對師父的承諾，不得不拒絕了胡斐。現代人出家大多自願，類似的悲劇應該較少。

《思凡》這齣戲在《鹿鼎記》中演過，那一回是桂公公到康親王家作客，與平西王府的楊溢之一起做莊賭錢，結果知道旁人故意輸錢來巴結，意興闌珊：

他既知人家在故意輸錢，勝之不武，也就不再去賭，又回到席上，吃菜聽戲。這時唱的是一齣「思凡」，一個尼姑又做又唱，旁邊的人又不住叫好，韋小寶不知她在搗什麼鬼，大感氣悶，又站起身來。

康親王笑道：「小兄弟想玩些什麼？不用客氣，儘管吩咐好了。」韋小寶道：「我自己找樂子，你不用客氣。」眼見廊下眾人呼么喝六，賭得甚是熱鬧，心下又有些癢癢地，心想：「眼不見為淨，今日是不賭的了。」他上次來過康親王府，依稀識得就中房舍大概，順步向後堂走去。

小桂子不知那思凡尼姑搗什甚鬼，便隨處亂走，結果誤打誤撞，漁人得利，順手牽羊，拿走了老康的那部《四十二章經》，後來還假仁假義的欺騙老康！

那一齣《思凡》真演得太長，韋小寶拿了經書回來還未唱完：

大廳上仍和他離去時一模一樣，賭錢的賭錢，聽曲的聽曲，飾尼姑的旦角兀自在扭扭捏捏的唱個不休。韋小寶問索額圖：「這女子裝模作樣，搞什麼鬼？」

索額圖笑道：「這小尼姑在庵裡想男人，要逃下山嫁人，你瞧她臉上春意盪漾，媚眼一個一個甩過來……」突然想起韋小寶是太監，不能跟他多講男女之事，以免惹他煩惱……

蘇學士詠無忌哥哥（《倚天屠龍記》第二冊）

一：身行萬里半天下

我生飄蕩去何求，再過龜山歲五周。身行萬里半天下，僧臥一庵初白頭。
地隔中原勞北望，潮連滄海欲東遊。元嘉舊事無人記，故壘摧頹今在不。

蘇軾〈龜山〉

二：與萬里差得很遠

蘇軾這首〈龜山〉亦沒有正式出場，金庸在《倚天屠龍記》第二冊選了清人翁大年刻的印章，就是「身行萬里半天下」這七個字。用以詠張無忌雖然身受玄冥神掌寒毒之苦，仍是信守對紀曉芙的言諾，護送楊不悔到崑崙山坐忘峰找她爹楊逍。拙作《解析金庸小說》有提及，不過當年還未讀過原詩，只能就著一句七個字做文章。

其實張無忌這所謂「身行萬里半天下」大有「灌水」成份，與萬里差得很遠。兩個小孩由蝶谷出發，在駐馬店遇上蘇習之和崑崙派何太沖門下的詹春二人惡鬥兩敗俱傷，張無忌醫好兩人，以下的路程便是坐車去。蝶谷在今天安徽省內，駐馬店則在河南。這「身行萬里半天下」，就在第十四回〈當道時見中山狼〉。

三：盱眙縣的龜山

中國幅員廣大，有許多處龜山，山東、湖北、福建都有，蘇軾這首詩講的卻是盱眙縣的龜山。盱眙縣在淮河中下游，位處洪澤湖的南岸，原屬安徽省，上世紀中葉改隸江蘇。

蘇軾兩度路經龜山，前後相隔五年。第一次是宋英宗在位，第二次已經是宋神宗在位，王安石拜相，蘇軾被貶杭州，路經龜山而作，所以開頭第一句便說「飄蕩」。由中央官外放地方，當然將要「地隔中原」，至於「東游」更非詩人本願。

元嘉是南北朝時宋文帝的年號，宋文帝劉義隆在位三十年，初年曾經大規模北伐，結果損失慘重，無功而還。元嘉後期北魏太武帝拓跋燾已經大致統一北方，形成宋魏南北對峙之局，宋文帝在盱眙附近的龜山築城抗魏，魏太武帝南侵攻不下龜山的「故壘」，不久為臣下所弒，此後南北朝政權更替，南弱北強。

《夜試倚天劍》（《倚天屠龍記》第二十三回）

一：倚天寶劍換主人

倚天劍與屠龍刀在金庸筆下利器之中最具靈性，遠勝君子劍和淑女劍。倚天劍的殺氣更是最重。話說張無忌新任教主，率領明教眾回歸中原，見到倚天劍換了主人：

群豪見大廳上高懸匾額，寫著「綠柳山莊」四個大字。中堂一幅趙孟頫繪的《八駿圖》，八駒姿態各不相同，匹匹神駿風發。左壁懸著一幅大字文曰：「白虹座上飛，青蛇匣中吼，殺殺霜在鋒，團團月臨紐。劍決天外雲，劍沖日中斗，劍破妖人腹，劍拂佞臣首。潛將辟魑魅，勿但驚妾婦。留斬泓下蛟，莫試街中狗。」詩末題了一行小字：「夜試倚天寶劍，洵神物也，雜錄《說劍》詩以贊之。汴梁趙敏。」

張無忌書法是不行的，但曾隨朱九真練過字，別人書法的好壞倒也識得一些，見這幅字筆勢縱橫，然頗有嫵媚之致，顯是出自女子手筆，知是這位趙小姐所書。他除醫書之外沒讀過多少書，但詩句含意並不晦澀，一誦即明，心想：「原來她是汴梁人氏，單名一個『敏』

字。」便道：「趙姑娘文武全才，佩服佩服。原來姑娘是中州舊京世家。」

《倚天屠龍記》第二十三回

二：元稹《說劍》

趙敏錄的《說劍》是唐代詩人元稹所作，原詩較長，金庸只節錄合用的，並作了少量修改：

吾友有寶劍，密之如密友。我實膠漆交，中堂共杯酒。
酒酣肝膽露，恨不眼前剖。高唱荊卿歌，亂擊相如缶。
更擊復更唱，更酌亦更壽。白虹坐上飛，青蛇匣中吼。
我聞音響異，疑是干將偶。為君再拜言，神物可見不。
君言我所重，我自為君取。迎篋已焚香，近鞘先澤手。
徐抽寸寸刃，漸屈彎彎肘。殺殺霜在鋒，團團月臨紐。
逡巡潛虬躍，鬱律驚左右。霆電滿室光，蛟龍繞身走。
我為捧之泣，此劍別來久。鑄時近山破，藏在松桂朽。

幽匣獄底埋，神人水心守。本是稽泥滓，果非雷煥有。
我欲評劍功，願君良聽受。劍可剸犀兕，劍可切瓊玖。
劍決天外雲，劍衝日中斗。劍隳妖蛇腹，劍拂佞臣首。
太古初斷鼇，武王親擊紂。燕丹卷地圖，陳平綰花綬。
曾被桂樹枝，寒光射林藪。曾經鑄農器，利用翦稂莠。
神物終變化，復為龍牝牡。晉末武庫燒，脫然排戶牖。
為欲掃群胡，散作彌天帚。自茲失所往，豪英共為詬。
今復誰人鑄，挺然千載後。既非古風胡，無乃近鴉九。
自我與君遊，平生益自負。況擊寶劍出，重以雄心扣。
此劍何太奇，此心何太厚。勸君慎所用，所用無或苟。
潛將辟魑魅，勿但驚妾婦。留斬泓下蛟，莫試街中狗。
君今困泥滓，我亦坌塵垢。俗耳驚大言，逢人少開口。

這一首詩用仄聲韻，別有風味。

元稹說的寶劍殺性也濃，連倚天劍也大大不如。與朋友喝了幾杯酒，竟然連肝膽也想挖出來，比起喬幫主與段獃子、段公子與虛竹子酒後拜把子，更教人喫驚。

荊卿是行刺秦王的荊軻，相如缶則用藺相如的典。秦王與趙王會於澠池，秦王請趙王鼓瑟助興，之後藺相如請秦王擊缶，秦王卻不肯，藺相如便手執利刃迫秦王就範，結果秦王勉為其難的擊了一下了事。歸國之後，趙王以藺相如為上卿，位居廉頗之上。

劍未出鞘、甚至還未出匣，已吼如青蛇，很有英雄急於用世的意味。原詩寫拔劍的過程，其排場比起倚天劍還要厲害，難怪詩人但聞其聲，已認定此劍可與上古名劍干將相比，干將的故事，盡讀金庸小說的讀者當知一二。但是「迎篋已焚香，近鞘先澤手。徐抽寸寸刃，漸屈彎彎肘」的架勢不合用，金庸只好割愛。彎肘抽刃，可見隆重其事。鬱律是雷，寶劍的威勢，當用風雷雨雹等等自然界的威神力來比喻。

然後詩人評劍功，實在誇張，網羅古今寶劍的威勢，用典之多，金庸也只挑選其中一些合用的。兕是似牛的獸類，古人常以之與犀並舉，可能都是今天犀牛一族。要用劍來割開的當然不是一顏活犀牛，應該是犀角杯和兕觥，就《越女劍》開場時吳國劍士用劍剖羊太過血腥。祖千秋說飲關外白酒要用犀角杯，其模樣如何，可以參考《笑傲江湖》第二集的插圖。瓊玖都從玉旁，乃是用劍剖開玉器。「日中斗」則用《易・豐》的典：「豐其蔀，日中有斗。」近人研究推敲，認為日中斗實在是太陽黑子，也就是說寶劍的劍氣可以決雲沖日。「劍隳妖蛇腹」改為「劍破妖人腹」，將殺蛇改為殺人。

殺蛟一事，令人想起周處（？至二九九）除三害。周處之父是三國時吳國的周魴，讀《三國演義》必知〈周魴斷髮賺曹休〉的故事（事在魏太和二年，即吳黃武七年二二八）。周處少年時「縱情肆慾」，鄉人以南山虎、長橋下蛟和周處為三害。後來周處殺虎搏蛟，鄉人以為他與蛟同歸於盡，大事慶祝，周處殺蛟而還，得知此事，發奮向學。入晉後戰死，追贈平西將軍。泓，水深且廣的樣子。

三：還有許多故事

雷煥和晉末燒武庫同與晉初大臣張華（二三二至三〇〇）有關，張華官至司徒，死於八王之亂，因趙王倫謀廢賈后，不附從而被殺。張華博學多聞，著有《博物志》。

晉未滅吳時，斗牛（一者同屬天上的二十八宿）之間有紫氣，有術者以為吳方強盛，張華卻不認同。晉統一之後紫氣更明，張華與望氣的高手雷煥密議，雷煥認為是寶劍之精上徹於天，劍當藏在豫章郡的豐城縣。於是張華安排雷煥當豐城令，雷煥縣中監獄的屋基掘得一石函，內有雙劍，一名龍泉、一名太阿，當晚斗牛間的紫氣就消失了。雷煥自己留下一劍自用，另一呈給張華，知情者問怎可以欺騙張華？雷煥卻說兩劍是靈異之物，不會永為人用。

張華被誅之後寶劍失落，雷煥亦死，兒子雷華帶著寶劍，行經平津，劍自躍入水，命人入水尋劍不獲，然後見兩龍出現，雷華便明白劍已化為龍。

武庫失火一事，張華是「現場觀眾」，歷代寶物都被焚毀，當中有漢高祖劉邦斬蛇的寶劍，張華見劍穿屋而飛，然後不知去向。

「太古初斷鼇」可能是大禹治水的典，相傳大禹殺了四頭大鼇來支撐大地。

燕丹卷地圖，當指圖窮匕現的故事，用督亢地圖卷著刺秦王政的匕首。

武王擊紂用甚麼劍和陳平攬甚麼花樣，讀詩人孤陋寡聞，並不知曉。

成王敗寇（《倚天屠龍記》第三十四回）

一：真真假假是人生

贈君一法決狐疑，不用鑽龜與祝著。
試玉要燒三日滿，辨材須待七年期。
周公恐懼流言日，王莽謙恭未篡時。
向使當時便身死，一生真偽複誰知。

白居易《放言》五首之三

二：趙周競勝

《紅樓夢》有「左釵右黛」與「右釵左黛」兩派，《倚天屠龍記》亦有「左趙右周」與「右趙左周」兩派。然而兩派之分，實在於金庸在上世紀七十年代的「修訂二版」改了結局才會出現。舊版中周芷若最後削髮為尼，還要張無忌接掌峨嵋！後來《笑傲江湖》又出現了令狐沖一個浪子去當尼姑頭兒、做恆山派掌門，情節重複了，便刪去張教主掌門之職，留下一條享齊人之福的尾巴。

以形象言，敏妹近釵、芷若類黛，但是善惡則相逆。《紅樓夢》始終抑釵揚黛，金庸則說趙善周惡，然而這「善惡」是以張無忌的標準去看。趙敏是異族貴女、周芷若是漢家武人，江湖上爭奪屠龍刀，大眾都是不擇手段。峨嵋派要揚名武林、光復漢家，更兼趙敏迫死滅絕師太，從這個角度來看，周芷若的復仇手段在金庸武俠小說的世界中，也不算甚麼十惡不赦的罪行。

金庸所引，與白居易原詩略有出入：

絲竹悠揚聲中，一輛裝扮著「劉智遠白兔記」戲文的彩車過去，忽然間樂聲一變，音調古拙，彩車上一面白布旗子寫的是「周公流放管蔡」。車中一個中年漢子手捧朝笏，扮演周公，旁邊坐著一個穿天子衣冠的小孩，扮演成王。管叔、蔡叔交頭接耳，向周公指指點點。接著而來的一輛彩車，旗上寫的是「王莽假仁假義」，車中的王莽白粉塗面，雙手滿持金銀，向一群寒酸士人施捨。其後是四面布旗，寫著四句詩道：「周公恐懼流言日，王莽謙恭下士時，若使當時便身死，千古忠佞有誰知。」

張無忌心中一動：「天下是非黑白，固非易知。周公是大聖人，當他流放管叔、蔡叔之時，人人說他圖謀篡位。王莽是大奸臣，但起初收買人心，舉世莫不歌功頌德。這兩個故事，當年在冰火島上義父都曾說給我聽過的。所謂路遙知馬力，日久見人心，世事真偽，實非朝夕之際可辨。」又想：「這二輛彩車與眾大不相同，其中顯是隱藏深意，主理之人，卻是個頗有學識的人物。」隨口將那四句詩念了兩遍。

《倚天屠龍記》第三十四回〈新婦素手裂紅裳〉

這個元代的花車遊行甚是有趣，故事有古有今，接下來便是趙敏派人重演周芷若偷襲謝遜的經過，當中的細節自然是聰明絕頂的郡主娘娘依著環境證據，用近似現代的科學鑑證法重組出來。王莽在政治上是個理想主義者，帝位得來不易，成則為禪讓，敗則為篡竊。既沒有治好國家，宜乎身敗名裂，但總算開了中國歷史上篡位的先河，得以名留史策。

三：世事難辨

原詩共八句，流傳較廣的是後四句，而且有點像世傳曹植的七步成詩，由六句改為四句一樣，文字亦有開闔。

「狐疑」是甚麼一回事，《神鵰俠侶》的讀者很清楚，不贅論。「鑽龜」是「卜」、「祝著」是占。前者是商文化的重要部分，相關的專科是甲骨學；後者屬周文化，發展出易學。白居易原詩的意見是不問鬼神，試玉的真偽用火燒法，古人認為真玉火燒三日不熱。「辨材」是指神話傳說中的樹木「豫章」，《全唐詩》註云：「豫章木生七年而後知。」

全組《放言》共五首，其餘依次為：

（一）

朝真暮偽何人辨，古往今來底事無。
但愛臧生能詐聖，可知甯子解佯愚。
草螢有耀終非火，荷露雖團豈是珠。
不取燔柴兼照乘，可憐光彩亦何殊。

（二）

世途倚伏都無定，塵網牽纏卒未休。
禍福回還車轉轂，榮枯反覆手藏鉤。
龜靈未免刳腸患，馬失應無折足憂。
不信君看弈棋者，輸贏須待局終頭。

（三）

誰家第宅成還破，何處親賓哭復歌。
昨日屋頭堪炙手，今朝門外好張羅。
北邙未省留閒地，東海何曾有定波。
莫笑賤貧誇富貴，共成枯骨兩如何。

（四）

泰山不要欺毫末，顏子無心羨老彭。
松樹千年終是朽，槿花一日自為榮。
何須戀世常憂死，亦莫嫌身漫厭生。
生去死來都是幻，幻人哀樂繫何情。

比較喜歡「草螢有耀終非火，荷露雖團豈是珠」一聯，全首而言則最喜第二首。